青い波がくずれる

田中英光／小山　清／太宰　治

戸石泰一

〈目次〉

青い波がくずれる

田中英光について

〈児童詩〉波　　田中英光・13歳

青い波が
ざあっとくずれると
あとの波までの間
しずかで
こわいように
おさまりかえっている

（一九二六・三『赤い鳥』）

1

すべてをその人間の肉体的条件のせいにしてしまうのは、もちろん正しくないことだ。が、しかし、田中英光のこととなると、やはりあの「六尺二十貫」の巨体を思い出さないわけにはゆかなくなる。彼は、一九三二年のロスアンゼルス・オリンピック大会のボート選手であった。私も、一七九センチで決して小さい方ではないが、それでも、彼とあうと顔を見上げるようにしなければならなかった。

彼とはじめてあったのは、太平洋戦争のはじまる直前、昭和十六年の秋である。太宰治に引き合わせてもらったのだ。英光は、その前年の十五年、オリンピック行を題材にした『オリンポスの果実』を雑誌『文学界』に発表し、池谷信三郎賞を得ていた。太宰に師事していた私としては、なつかしい兄弟子という感じであった。この時のことを、私は、後にこんなふうに書いている。

――たしか、最初の「作家徴用」のための体格検査が、本郷区役所かどこかであって、太宰が、不合格になった次の日のことだ、いかに「美事に」不合格になったかという自慢を聞きながら、銀座、新宿、三鷹とずいぶん飲んで、深夜の二時ちかく、玉川上水の境にそった道を、二人で太宰を送りながら歩いている時、

黒々とした杉木立につつまれた、かなり大きなかまえの、コンクリート塀の門の前まで来ると、太宰は、とつぜん立ち止って、

「これが、あれの家だぜ、英光どうだ」

と誠実一筋な作風で知られるある大家の名をあげた。太宰の文学観によれば、「誠実」とは、他人の前で壮重に誠実にふるまってみせることでなく、つつましく他人のかげに坐っていることであって、誠実な作風であるなら、陋屋にしか棲めないはず、ということになるのであった。

「ふーン、叩っこわしちゃおうか、太宰さん」

英光は、ウキウキと言った。

「ようし、英光、やれやれ」

なかば本気のような、そしてなかばふざけているような、太宰はわざとらしく唇をひンまげ、重々しい声をだす。

と、英光は、いきなり門の前にはりめぐらされた鉄条網の杭に手をかけ、えいさえいさ強引にゆさぶりだした。

「だいたい、作家ともあろうものが、こんな鉄条網をはっているとは、なにごとだ」

私も、英光にならんで隣りの杭に手をかけ、引きぬこうとした。ところが、鉄条網の杭というやつは、鉄線がそれぞれの杭に何条もからんでいるので、一本だけでは、容易に抜けるものではない。私は、すぐいやになって、機械的に義理でゆすぶっているようなぐあいだったが、英光は、せっかちにあちらをゆすりこちらをゆすりしているうち、やがて、はしの方の杭を、バリンバリンと鉄線をはがしながらズルズルズル抜き出してしまった。やにわに野球のバットのように、それをかまえて、コンクリート塀を乱打しだした。

「こら、誠実作家の文豪の馬鹿野郎、出てこーい、なんだ、こんな家、叩っこわすぞ」

ところが、ふと、気がつくと、私たち二人だけで太宰がいない。

「おや、太宰さんは」

と、私が言うか言わないかに、英光は、まるで憑きものが落ちたように、杭をそこに投げすてると、駈けだすのだった。

ずいぶん離れたところの、生け垣の暗いものかげにひそむように、太宰は立っていた。

「太宰さん、ずるいよ。自分ばかり逃げだすなんて卑怯だよ」

太宰は、ただ黙ってニヤニヤ笑っていた。夜目に歯だけが白かったのを、不思議によくおぼえている。――

ところが、このあいだ当時の日記を故郷の家の押し入れで発見して、調べてみると、これがどこにもなかった。そのころ、私は大学生だったが、その二年半の間、毎日毎日かなり克明に日記をつけていて、酔っぱらった日にもそれなりの、のたくるような大きな字で、わけのわからぬことを記録しているのだが、これに該当するようなことは、どこにも書いていなかった。

日記によれば、英光とはじめてあったのは昭和十六年十一月五日のことであった。しかし、その日には銀座で別れて、深夜まで飲み歩くようなことはしていない。そして、「文士徴用」があったのは、それから二週間後の同十八日、この日は三鷹まで行って飲んだことが書いてあるけれど、来合わせたのは山岸外史氏であって、英光ではないのだ。この夜飲んでいて、私は太宰に何か言われたらしく、四、五日の間しきりにそのことにこだわっているが、英光のことは少しも出てこない。

それでは、あの玉川上水での一件は幻だったのか。いや、そんなことはない。日記にどうあろうと、私にとって、あれはたしかに「事実」であった。私は、昨日のことのように思い出すことができる。

英光は、文字通りの巨漢で、漫画映画のポパイの仇役、最後にはきまって滅茶苦茶にノサれてしまうブルートというのに似ていた。なんとなく紡錘型の巨体といい、下唇が厚くまくれている感じといい、まったくそんな感じがした。それなのに、英光は、

「ぼくのようなのを、ベビー・フェイスって言って、女にもてる顔なんだ」

と、しきりに私たちを笑わせた。そして、また女の話になって、英光が、

「ぼくは、一晩に十二はできるな。平気ですよ、それくらい」

と、自慢したりしたのもよくおぼえている。実際それも決して不可能ではあるまいと思われるほどの、英光の健康な逞しさだった。

「バカ、バカだな、おまえはほんとうのバカだ。少しもなおっていないよ」

癖で、口に手をあて、身体をやや前こごみして、咳きこむように笑いつづける太宰の、うれしそうな声音さえ耳に残っているような気がする。これらのことが、すべてなかったなどとは、あろうはずがない。


しかし、ひょっとして——もし、私の長い間胸にいだきつづけてきたその思い出が、英光に関する私自身の記憶の断片やひとの話などをつなぎ合わせ、いつのまにかつくり上げてし

まったものだったとしても、英光は、――そのころの私にとって、かがやかしく、まるで若武者のように颯爽としていて、まさに「青春」の象徴みたいな存在であった。

それは、私の記憶の不たしかさの証拠になりそうな「日記」の一文からさえうかがわれるのである。

「十一月五日（水）晴

今日はじめて田中英光氏とあった。

ひるまえ本郷に行きSevenを受け出し、新宿に出ると、伊勢丹前に太宰さんがいる。『おう』となり、いっしょに銀座に行く。

コロンバンで英光さん待っている。

英光さんいい人なり。とてもいい。

まもなく河上徹太郎氏なども来たため、小生のみ別れたが、その別れる時よかった。あんなによい気持で――信頼こめて人と別れたこと、はじめてだ。

よかった。楽しかった。

英光さんは、『オリンポスの果実』の香気そのままの、青春の人だ。」

2

戦後、英光と再会したのは、太宰が自殺してその葬儀の時だ。

私は、太宰が行方不明になったという報道を見てすぐ故郷の仙台から上京してきたのだったが、誰よりもまず英光と逢いたかった。しかし、英光はなかなか姿をあらわさなかった。もっとも後で聞けば、太宰の屍体の発見された直後、ひとまずは、私などが泊めてもらっていた太宰の家とは別の場所で行なわれていた通夜の席に、英光はどこからともなくふらりとあらわれ、とめどのないことをつぶやきわめいては泣き、泣いては線香をあげていたという。

葬儀の日、僧侶の読経がはじまってしばらくしてから、ふと気がついた庭に立っている男を、英光とわかるまでには、ほんの少しだが間がいった。どうしたのかその時、庭には彼のほか、誰もいなかった。薄よごれたセルの着物の着流しで、たった一人ぼんやり突立っている英光は、いわば見るかげもなくくずれた風体であった。見上げるほどの巨軀であったはずなのに、一まわりも二まわりも小さくなってしまった感じであった。眼はどんよりとにごって落ち着かず、眼のふちには黒い隈さえできていて、顔は蒼くむくんでいた。

そして、また気がつくと、英光はいつのまにかそこにはいない。式が終ってさがしたが、もうどこにもその姿は見当らなかった。

3

あのころ——つまりそれが発表された昭和十五年ごろ、太平洋戦争を一年の後にひかえる情勢の中で、『オリンポスの果実』は「青春文学」の傑作といわれ、明るく清新の気にみちた健康な作品と喧伝された。たとえば、池谷賞授賞決定に当って亀井勝一郎氏はこう書いている。

「この作品には青春のむせるような香りがある。殊更に巧まず、むしろ弱気から出たともいえる純一の感受性と色彩感をもって、生命の若々しい輝きをつたえている。同君にとっても一生一代の快作であろうが、久しく陰鬱狭陋な小説をみなれた僕にとっても、ふいに鮮かな花束を贈られたような爽快な感銘であった。」

ところがいまあらためて『オリンポスの果実』を読みかえしてみると、これは必ずしも「明るくかがやくばかりの」青春の書ではない。後では英光の文学の重要な特徴の一つとなった「自意識過剰」のインフェリオリティ・コンプレックスが、必要以上に顔を出し全体のトオンをこわしながら、苦渋のかげさえただよわしている。だいいち単行本『オリンポスの果実』の跋文の中で、彼自身が「俺の過去は醜悪で複雑、まともに語れるものではない。この醜さは顔が赧くなって脇の下から冷汗ものだ、なぞという体裁の好いものではなかったはずだ。」などと書き、同じ本の序文で太宰に、その箇所を引用され「――と慚愧に転倒しているようでありますが、それは田中君の主観であって、何も君そんなに下品がらなくてもいいじゃないか、と私は言いたくなりました」と、やんわりたしなめられているのである。

しかし、そのころ私はそのようなところを深く心にとどめはしなかった。「自意識過剰」に気づかぬではなかったが、それは英光にだけ特有のものではない。当時の青年は（決して文学青年だけではないと思うのだが）多かれ少なかれその苦悩の中にいた。だから、それは読んでいても、「明るく輝かしい」青春の色どりとしてしか読まれなかった。亀井氏の言う「むしろ弱気から出たともいえる純一の感受性」のあらわれ以上には読んでいなかったのである。

英光は、『オリンポスの果実』の中に「幼いマルキストだったぼく」と書き「当時、ぼくは二十歳、たいへん理想に燃えていたのです。なによりも、貧しき人々を救いたいという非望を、愛していました。だから、そのころ、なにか苦しい目にぶつかると、あの哀れな人達《プロレタリアート》を思えと、自分に言いきかせて、頑張ったものです」と書いている。また、親しい友人にあてた手紙の形式になっている跋文には、さきの引用の前後に、こうも書いている。

「俺たちが同人雑誌『非望』をやり出したのは左翼潰滅の年であった。続いて、ドストエフスキーが、シェストフが、流行し、文学青年達のスローガンは、純粋小説かしからずんば能動主義かという塩梅だった。」「俺が朝鮮に渉ってから、文壇ではキェルケゴールと並んで古典が復活しだした。浪曼主義の大旆が空吹く風に翻弄されている有様を望見しながら、俺は時々刻々と俺の小説を毀して行った。」「俺は土方と喧嘩をして腕を切られたりしながらもこつこつと俺の小説を虐めつけつつ書いて行った。ダダとかデカダンとか一口に言う不真面目なものではなく、原形をとどめないまでに歪《ママ》った小説ながら俺は偶然論の流行を尻目にかけ、伝統と肉体とだけにより縋って書いたものだった。」「そこに戦争がきた。俺はできたら戦死したいという不逞な願望を胸に秘めて、北支の山河に赴いた。しかし、俺は戦死する代わりに、何度も負傷した戦友を腕に抱え、敵前至近の間を馳せめぐる羽目には巡りあったが、ついぞ弾丸には当らなかった」（ここに「俺の過去は醜悪で……」と続き――）「そしてヘルマン・ヘッセが流行し、戦争文学が氾濫している故国日本に帰ってきた。『オリンポスの果実』は戦前の俺の傷痕に塗られた一滴の香油に過ぎない」

もちろん英光の青春と私の青春とはちがう。英光が、どんなふうにしてその「幼いマルキスト」としてのたたかいにやぶれ、どのような思いで朝鮮でのサラリーマン暮しを送っていたのかは、後年、彼の作品『青年の河』『愛と青春の生活』等々を読むまでは、私は少しも知らないでいた。

英光より六歳年下で、彼が「同人雑誌『非望』をやり出した」「左翼潰滅の年」にようやく中学五年だった私には、英光の時代の「傷痕」は、すでになかった。わずか三、四年の間に、その傷の痛みを思いやる能力さえ失われかけていたと言ってよい。だが、そのかわり私たちの青春がまもなくおしひしがれてゆくだろうことは、年毎に現実のものとして感ずることができた。しかし、それをどうすればよいのか。「自意識過剰」もとめどない空しさの中にはまりこむばかりの、そういう青春だった。

だからこそ、一方では「青春」に対する渇くような思いもあったのだろう。ありうべき「青春」は、なんとしても明るくかがやかなものであってほしかったのである。そうした意味では、『オリンポスの果実』は、私にとっても、ナルドの香油《においあぶら》だったのである。そして英光は『オリンポスの果実』そのものであった。

この英光と、葬儀の日の英光とではあまりに違いすぎた。はじめて彼とあった昭和十六年と太宰の死んだ昭和二十三年との間には、約八年の歳月が流れている。私にもいろいろのことがあったように、もちろん英光にもいろいろあったにちがいない。が――、それにしても、違いすぎた。

敗戦の翌年南方から復員して、私は、故郷の新聞社につとめ友人と古本屋をやり喫茶店をはじめ、そして、できたばかりの新制高校の教師にもなった。時に上京してその度に太宰にあいに行き、英光が日本共産党に入党したことも、やがて脱党したことも聞かされて知っていた。だが太宰は、自分が気を許した者について語る時のいつもの調子で、「バカなやつだよ」と冗談話のように語ってきかせてくれるだけであったし、単純な文学青年であるばかりの私としても、それ以上のことは少しも考えていなかった。

しかし、たといその時英光のそのような問題を私がなにがしかの意味で重要視していたとしても、葬儀の場にあらわれた英光の様子にはどこか違うものがあった。また、師太宰を失って悲痛のどん底にのたうっているにしても、それだけではない、何か別のものを身体全体にただよわせていた。異様にくずれたいたましさであった。

太宰にたのまれて、英光の原稿も何度か故郷の新聞社が発行している雑誌まではこび届けたことがある。その中には、たとえば、南北の『盟三五大切《かみかけでさんごたいせつ》』を戦後社会の中にうつしかえた作品『東京怪談』もあった。もともと南北のそれが、並木五瓶の『五大力恋緘《ごだいりきこいのふうじめ》』の巧妙な書きかえ狂言なのだが、英光のはストーリーの本筋はそのまま少しも変えず、背景を現在にもってきただけで、原作以上に人間のリアリティ、しかも戦後社会の実相を写しだしていた。「換骨奪胎」という以上の何かがあった。私は、最初から最後まで一気におしまくる英光の筆力に、逞しいまでの精気さえ感じていた。それは、私にとって、『オリンポスの果実』のかがやかな青春にもつながるものであったのだ。

だから——そのくずれはてた英光の姿は信じられなかった。何度か、たしかめるような思いで視線をその方に向けているうち、いつか姿を消してしまっていたのである。そして、葬儀特有の気ぜわしいごたごたの中で、英光に対する私の思いも、とりまぎれてしまっていたのだった。

4

まもなく私は、太宰の全集の仕事をまかされることになって上京した。さしあたっては、毎月出す全集につける付録の「月報」の編集が主な仕事である。それで当然、英光のところもたずねることになった。同僚の編集者の話では、英光は伊豆半島の三津浜に妻子をおきっぱなしのままで、東京でなかよくなった「街の女」といっしょにくらしているということだった。

新宿花園町——新宿御苑の前、むかしの四谷区役所、いまの新宿文化会館の前にあった薬局の横の通りを少し行って、左にまがる。そこを一町ほど真直ぐに行って、今度は右にまがった右側に、英光の、というよりはその女の小さな家があった。もう少し新宿に向って行くと、閻魔堂で有名な太宗寺があるが、そのころは、焼跡の瓦礫の畑の中に、ところどころ一かたまりずつバラック建ての小屋がたっているだけで、夜は真暗になり、電灯のある都電通りに出るまでは足もとが危なかった。

英光たちのその家も、やはり空地の畑のそばの木ッ端葺きの低い屋根の一軒であった。小路に面した部屋のガラス窓をかくす一間ほどの板塀につづいて玄関があった。そのわきに郵便の差入れ口が切ってあり、「田中英光」と並んで女の名が書いてある。太宰と死を共にした女性と同じ姓であった。

この軒のすぐわきに物干し柱が立っていて、そこに大きな布団がほしてあったが、それが洗いざらしの紺木綿と「出征祝い」の幟《のぼり》を縫い合わせて作ったものだった。たしかに布地はまだひどく不足していたが、それにしても、「出征祝い」の幟の布団とは、異様にすぎた。しかもここは、英光と「女」とのいわばわび住いの場所であるはずだった。その場所で英光は自分の私生活のかくれた部分を（こんな布団に寝ているということを）平気で白日の下にさらけ出している。この粗あらしいまでの感覚と『オリンポスの果実』の気弱なシャイネスとは、どう結びつくのか。布団には、うす汚れた赤い日の丸や祝出征の大文字がはっきりと読みとれるのである。

案内をこうと、その女性が出てきた。黒いすき透るような寝室衣を着ていたが、ネグリジェという言葉さえ一般には使われていないころで、「進駐軍」のアメリカ的な雰囲気を濃厚に身辺にただよわせていた。小柄で色が浅黒く、ほほ骨がはって平べったい感じの顔に、半月形に大きく緑色の眉を描き、足の爪も赤く染めていた。

といって、私は彼女に特に悪い感じを持ったわけではない。彼女は決して美人ではなかったが、どこか活いきしたものを表情にもっていた。率直なもの言いをし、まめに身体を動かして私をもてなしてくれた。彼女は時々「テイキリイジイ（おらくに）」といったアメリカ英語をはさんだりする。そして、愛想よく少しうるさすぎるくらい私と英光との会話に入ってくる。そういう彼女を、英光は心なしにいたわるように、いちいちうけ答えし、わざわざ彼女に同意を求めるような話しかけ方もしていた。

ところで英光だが、思ったよりも彼はやつれてはいなかった。そばに坐ってみれば、やはり相かわらず大きいのである。一別以来のお互いのこと、太宰の思い出など話はつきなかった。もちろん『オリンポスの果実』のころの英光ではなかったが、話ぶりは明るく快活だった。「太宰さんの弟子になって損したね。さっぱりわれわれの面倒をみないで、自分だけ死んじゃうんだもの。あんな師匠ってないですよ」そんなことを言って笑ったりもした。

葬儀の日のあの異様さは、やはり特別のものだったのだろうと思われた。

ともあれ、このようにして英光とのつきあいがはじまったのである。会社の用事ではなくても、ちょくちょく英光のところをおとずれるようになった。英光はヘンに博学で、講談や歌舞伎などのもとだねになった伝奇讃・稗史小説のたぐいをそもそもの中国の原典について詳細をきわめているかと思うと、プルーストを話し、また一転してエンゲルスの自然弁証法に及んだりした。別に雄弁ではなかったが、カンのいい話し方をするのだった。

そのうちに、英光がアドルムという睡眠薬を常用していることも知った。睡るためにではなく、酔うためにである。

私のために酒の用意をさせ（あのころはどこの家でもたいていい焼酎だったが）自分も申しわけばかり口をつける。と、まもなくはじまるのだ。

「ねえ、たのむ、ちょうだい」

アドルムは、彼女が保管しているのである。

「いやッ！　さっき、七時までもうのまないって約束したばかりじゃありませんか」

「じゃあ、もう七時には絶対のまない。だからさあ、七時の分をいまちょうだいよ。約束する。ねえたのむよ」

英光の口つきは、ひどくねばっこく執拗なものになっている。すると、女もいらいらと頭からキメつけるように言うのである。

「嘘よッ。いつも口ばっかりじゃないの。七時にはのまないなんて、そんなこと絶対に、ありえないじゃないの。だめよッ」

だが、結局は英光のしつこいせがみ方にまけて渡してしまう。

英光は、もどかしいようにしてアドルムの小さな容器のコルク栓をつまもうとする。英光の指は大きく太く、それにくらべるとコルク栓はいかにも小さくて、手つきがバカに不器用にみえた。コルク栓をポイとわきにすてると、十錠全部てのひらにあけ、一気にあふり、水をゴクゴク飲む。

すると、にわかに英光は快活になりおしゃべりになるのだった。話題は、さっきまでとさほど変らないが、やがて、どことなくとりとめのないものになる。

そして、しばらくすると英光は、やはり彼女の〝予言〟通り、また薬をせびり出すのである。「ちょうだい」というのが「ちゃぶだい」と聞えるような、いっそう重くねばった執拗さに英光がなれば、彼女もまた、口をきわめて、英光が「約束を破り、また薬をせがむ」ことを罵った。だが、最後には根負けしたようにまた渡してしまうことになる。

英光の眼はだんだんすわってくる。舌がもつれ、ベロベロに涎《よだれ》をたらす。たえず上体をふらふらさせ、しゃんとしていることは出来ないようになる。それでもアドルムをせがみつづけることは一瞬も休まない。はては、バッタリ両手を前について懇願する姿勢までとってみせる。

「たのむ、もう一度だけ」

「いやッ！」

「約束、もうのまない、ゲンマン」

「よだれッ、汚いわね！」

「へえ」と、たしかに英光はそういう言葉を卑屈きわまる調子で口にする。「すンません」

茶ぶ台の上にたれた涎を、ぐいと横にぬぐうはずみに、手元が定まらず皿の肴の中に、手をグシャリとつっこんだりする。

「だらしがない！」

彼女は、したたかにその手をはらいのけて、

「お酒ならお酒だけをのんだらいいじゃないの、薬で酔っぱらうなんて、もう……」

まるで憎くて憎くてたまらない者を前にしているように、私に話しかけるのだ。英光は身体が巨きいから、普通の酒だけではなかなか酔わない。お金がかかりすぎるからと酒とアドルムをちゃんぽんにのんで〝効果的〟に酔うことをおぼえ、それが癖になってしまったとい

うことも聞いた。

「昨夜だって、彼はおねしょしたのよ。薬のむと何もわからなくなってしまうんですから。ズボン下から何からびしょぬれ。一昨夜は、お便所とまちがえて台所でしてるのよ。大人のだから、くさいし、そりゃあ量は多いし……ほんとに、だらしがないったら、ありゃしない」

しかし、それで終るわけではない。さらにまた同じことのくりかえしがはじまる。回を重ねるに従って英光の酔いは深まり、薬のせがみ方はしつこくなった。それを罵る彼女の言葉もまた、いっそう毒々しくとげとげしたものになった。英光の着ている丹前は、袖のつけ目が大きくほころびて、膝からも鼠色の綿が少しはみだしている。

二人の争いは、英光が泥のようにそこにつぶれてしまうまで、二時間でも三時間でもつづくのだった。

それでも私は、英光が本質的には健康であることを、ほとんど疑ってはいなかった。彼女との間も、薬さえのまなければ、しごくなごやかでさえあるのである。たとえば、丹前についてだが、彼女は英光の新しい丹前を縫っていたことがある。

「英光さんは、私と暮すまで、着物やなんか自分の収入では買えないものと思っていたらしいのね。今度も、私が丹前つくるって言ったらひどく驚いているの。英光さんも英光さんだけど、奥さんもずいぶんだらしのない人ねえ」

彼女は、きわめて自然に世話女房的であった。

「ねえ英光さん、オーヴァも作らなきゃあならないわねえ。今のは学生の時のですもの、ツンツルテンでみっともないわ」

そして、英光もごく素直にアドルムをやめる決意を語るのだった。

「オーヴァよりも、ぼくは温泉に行くお金をためたいよ。山の中の静かな温泉に行って、アドルムをやめるんだ」

そこで自然に話に出たのが、東北の田舎の温泉旅館にいる私の友人のことである。学生のときは、いっしょに太宰の家にも行ったりしていた文学仲間だった。費用についても安心して相談できるし、だいいち、あの田舎では、アドルムなどという新しい薬品は買おうにも売っていないにちがいない。そう言うと、英光も彼女もたちまち乗気になった。

「皆で行きましょうよ。楽しいわ。あなたの旅費なんか英光が、お出ししますわ」

そういうこともあったが、何よりもまず英光は次から次に作品を書きまくっていた。そのころの、いわゆるカストリ雑誌であれ何であれ、片っ端からひきうけて書いていた。書きなぐりの荒っぽい作品でありながら、一気におしてくる迫力があり、猥雑なストーリーの中にかえって逞しいリアリティを感じさせるのだ。

もちろんカストリ雑誌だけではない。『青春の河』という『オリンポスの果実』の続篇ともいうべき作品も発表していた。オリンピックから帰ってきた青年が、兄の影響もあって学内に左翼読者サークルをつくり、やがて非合法の地下運動に参加するが、傷つきそこから脱けだすまでを、独特の筆致でえがいていた。英光たちの青春がどんなものであったか、やはり戦後のその時期になってはじめて書くことができた力作と思われた。

そして『綜合文化』という雑誌の野間宏氏との対談では、こんなことも言っている。

「戦後文学はますます大衆から孤立した、フローベルの書斎みたいなところに行ってるんじゃないかという感じですね。野間さんの『暗い絵』は好きなんですね。僕たちにはよくわかるけど、大衆にはわからない。そういう点はズッと離れているような、殊に中村真一郎さんや埴谷雄高さんを考えるとわからないですね。インテリでも一部の人たちだけしか読まれない文学じゃないかと思っているんですよ。何かプルーストのもっていた階級性というものを、引きずってないような感じがするんです。そこでブツッと切れているような感じがする。それが変ってゆくのを期待してるんですがね」「(笑いながら) 僕は今堕落しているか知れないけど (笑声) 自分で生命力があってそれを切り拓いてゆきたいと思っていますよ」

「僕はやっぱり寂しがりやで、非常に今孤独ですがね。やはり民衆の中に出たいんですが、今出られないいんですよ。これから出てゆくつもりです」

これは決して、不健康などというものではなかった。

5

だが英光の病状は私の考えていたよりも深かった。それに、アドルムだけでなく覚醒剤も常用しているのだった。

中毒性の強いヒロポンは、すでに表立っては製造販売が中止になっていたはずだったが、それより薬効が弱いゼドリンというのなら、まだ比較的容易に手に入った。それを英光は、百錠入りの小さな鑵に入っている、そのうす桃色の小粒の錠剤をいきなり全部てのひらにあけ、一口に、もぐもぐとのみこんでしまうのだ。急ぎの仕事なので、口述筆記を手伝ってほしいという連絡で、朝早くから花園町の家に出かけていって、私は、それを知った。

「昨夜アドルムをまたやりすぎちゃって、頭がぽうっとしているもンだから」と弁解するように言っていたのだが、決してその日だけの特別のことではないのだった。

英光は、アドルムが切れるとまるで生気がなくなった。アドルムをのんで自分がどんなことをしたか、決して記憶していないわけではない。薬から醒めると、昨日の自分の「醜行に対する慚愧」の思いが、一度にわき上ってくるらしかった。もともとの「自意識過剰」のコンプレックスが、それに輪をかけた。当然のことながら、三津浜においてきた妻子のこと、そしてまた「すぎこしゆくすえ」のことも、さまざまに思われてくるはずであった。そういう時の英光の顔は、蒼黒くむくんでいた。

そのままでは書けない。だからゼドリンをのむ。そして今度は、ゼドリンによる緊張から解放されるためにアドルムをあふる。アドルムとゼドリンのはてしない悪循環だった。

しかもその間に「カストリ雑誌にエロ小説を書いている」ことに対する英光の意外なまでに気弱な羞恥の思いも介在していた。それをおしきって書いてゆくために、薬品の力をかりるというだけではなく、それを雑誌社に届ける〝勇気〟のためにも、その力をかりた。覚醒剤のゼドリンで元気をつけて出かけるわけだが、ゼドリンのかわりにアドルムを用いることもあった。アドルムでも二十錠ぐらいまでなら、かえって元気になりはしゃぐようになるのである。時にはゼドリンとアドルムをチャンポンにのんでいることもあった。

それでも英光は、カストリ雑誌に書くのをやめられなかった。カストリ雑誌ならいちばん手ッ取り早く金になるのである。三津浜の妻子への送金、女との同棲生活、そして毎日大量にあおるアドルムのためにも金がいった。そのころたしか十錠二十円というアドルムも、毎日六十錠ずつのむとすれば、そのころとしてはそう安い費用ではなかった。

英光が外出の時、彼女は、薬が買えぬようにということで交通費程度の金しか渡さなかった。彼女にかくして金を持っていることも、もちろんあったが、とにかくまず、英光はその渡された金で薬屋に行ってアドルムを買い、店先でそれをあおって、それから出かけた。交通費は出先で借りるかせびるかする。アドルムなしには人と逢えないようになっていたのである。そして、一度のめば、必ずもっとほしくなる。雑誌社などで金を手に入れると、すぐに薬屋にとびこんだ。早速二十錠ほどを一つかみに、口にほおりこむ。もう十錠を容器からだして、くしゃくしゃの塵紙につつみ、内ポケットにしまいこんだりする。家の中に持ち込み、なんとか彼女の目をごまかしてのもうというつもりの〝予備〟の分なのである。とにかく外に出さえすれば、アドルムにのめり込んでゆくだけが目的のようにさえ見えた。

アドルムのためには、なにごとも見さかいなくなってゆくようでもあった。これまではまるでつきあいのなかった行きずりの雑誌社にふらりと入って、持っている原稿を買ってくれと頼みこんだり、前借を申し入れたりする。原稿料が手に入らないとなると、そこにいる社員に誰彼ということなく、金を貸してくれと言ったりすることもあるという。

友人の医者に聞くと、ひどく驚いて、アドルムは二十錠で致死量だというのだった。それを英光は毎日ほとんど六十錠をのみ、そのほかにゼドリンまでのんでいるのだ。しかも大量の原稿を書きとばしていた。いったい、これにたえている英光というのは、なんなのであろう。

アドルムをのんで狂暴になる状態を、私の前でも平気で見せるようになった。二十錠までは、むしろ快活である。三十錠で泥酔者のようにだらしがなくなった。そして、四十錠になると、きまって狂暴になるのである。

それまでは、ただむやみに薬をせがんで哀訴嘆願しているというぐあいなのだが、四十錠をこえると、英光は、ドロンとした眼をいかにもカッと見開いたりして、それまでとは質のちがう執拗さになり、何ごとにつけ片意地に彼女にさからいだすのだ。彼女も負けずにがなり立てる。

英光は、いきなり彼女に皿小鉢を投げつけ茶ぶ台をひっくり返したりして、あばれだす。足腰がまるでいうことをきかなくなっているのに、上体の力は強く、あばれまわる巨体をおさえるのは、大の男が二人かかってもむずかしかった。そういう時に来合わせていた若い編集者が、英光のあまりのしつこさに怒って、腕にすがっておさえようとしたが、誇張ではなく、ひとふりで、はじきとばされたことがある。

そして、英光は、グタグタになりながら、

「君は愛情のない女だ。もう別れよう。別れてくれ」

などと言うのであった。

「フン、どこへでもおいでなさい。愛情がないなんて、あんたの兄姉の方がよっぽど愛情がないじゃないの。何よ、追い出されて、泣きべそかいて来たくせに、もう帰って来ないでちょうだい。ここは、私の家ですからね！」

英光はフラフラとようやく立ち上って、ズボンに片脚をつっこもうとしながら、

「ようし、出て行ってやる、誰がこんなバラックに帰ってきてやるもンか。何だ、おたふく、僕が買ってあげたものは、みな返せ」

こういう危急の喧嘩のさいに「あげる」というようないわば上品な言葉を使うのは奇異な感じがした。そして金銭に必ずしもいやしくないことはない英光が、こういう時は必ず「あげる」という言葉を使うのだった。

「ケチくさい！　出てゆくんなら、するだけのことは、ちゃんとしてから行け！　豚！」

「お金のことばかり言ってやがる、何だ、こんな家がなんだ」

よろめきながら、わざとのように襖にもたれこみ、メリメリと襖の骨をおったりする。

そうして結局のところ、五十錠から六十錠のんで……それまでのことは、まるで嘘だったように、たちまち英光は、ごろんところがって大きな鼾をかきだすのだった。いつか彼女が縫っていた丹前はどうしたのだろう。相かわらず、英光はほころびた丹前を着ていた。そうでなければ、例のツンツルテンの古オーバーの下から、だらんとメリヤスのズボン下をはみ出させている時もあった。下着の上にそのままオーバーを着ているのである。赤っぽい裸電

球の下で、それがひどくわびしかった。

英光のいくつかの作品に書かれたことを、ある程度の事実とすれば、彼女は貧しい農家の生まれ、一度は結婚したが、兵隊にとられた夫が戦死するかどうかで、とにかく婚家先を出、戦後の混乱の中で「進駐軍」のホールやキャバレーにつとめ、アメリカ兵のいわゆる〝オンリイ〟となって、花園町の家も彼に買ってもらった。

英光とは、その青年がアメリカに帰って、再びキャバレーにつとめている時、はじめて逢ったことになるようだ。

その年、英光は共産党を脱党していた。静岡県沼津地区の地区委員会の責任者として、彼の作品の表現をかりれば「清教徒じみて」「南瓜ばかりの常食の起居を続け、二階に上るのに足が重いほど栄養失調になったのも誇りに感ずるほど」「良心的に」(『君あしたに去りぬ』) 党活動に集中していたことの反動のように、二万円ほどの原稿料の集金があるのをアテに、「戦後の東京で思いっきり遊んでみたいと計画し」「勇躍して上京し」彼女に行き逢ったのだ。

その同じ小説の記述によると、前の日から女にだまされたり、失望させられたりしたあげく、武蔵野館の前に人探し顔に立っている彼女の様子は次のようなことになる。

「ハイヒール、ナイロンの靴下。本物らしい毛皮のオーバー。首に紅いスカーフを巻き、小麦色の白粉を濃くはたき、紅《ルージュ》をくっきり、頬紅も明るく、子供じみた丸顔。ちんまりした鼻。エキゾチックな一重瞼の活気に満ちた瞳の上に薄青いアイシャドウ。丸く突き出たおでこの下に、間を狭く、蛾眉に似た眉毛が描かれ、小さい頭に形のよいアップの髪。享吉は香水の匂いをかぎ、その精力的な眼が享吉をチラリみて笑うように輝いた……」

それを見た主人公は「(夜の天使とは違う。ハイカラな若奥様か、お妾か。玄人としても精々ダンサー以下ではない)と思ったから、(ただお茶でもつきあってくれれば望外の幸いといった)気持で恐る恐る」近づいたとある。

まったく英光の中には、奇妙に矛盾したものが、ごっちゃになって同居していた。彼女と争いつのって、「お金のことばかり言ってやがる」と罵りながら、まさに彼女の言う通り「ケチケチと」お金のことばかりこだわっているのはむしろ英光自身のほうであった。しかも、先にもいうように危急の喧嘩の最中に、ふっと「僕の買ってあげたもの」というような、ばかていねいな言葉を使っていた。

この場合でもそうだ。英光の描写する女の様子は、田舎出の街の女の姿以外のなにものでもないようだ。それに対して、ただものではないとみて、「恐る恐る」近づいてゆくというのは、ふき出したくなるくらいユーモラスでさえある。(精々ダンサー以下ではない)という表現も、何だかダンサーをかなり〝えらい〟もののように考えているようでへんだ。しかし、英光は、フィクションであるとしても、なかば以上本気で、かなり大真面目にここを書いているのである。

たとえば彼は『酔いどれ船』という作品の中でも「美しい顔」として、これとほとんど同じような容貌の描写をしている。その顔を与えられたのは、盧天心という朝鮮の女流詩人で、デカダンな生活をおくり、日本人学者などに身をまかせるようによそおいながら、抗日和平勢力のために働いており、最後には、狂気した日本人右翼文化人に射殺されてしまうことになるのである。

別の作品はたしか「厚化粧しているのが好きなタイプだった」という表現もあったように思うが、とにかく英光は、そのような顔が好きだったのだ。

もっとも、その一方では作家としての英光のリアルな眼は、「眉のうすい、撫で肩が、常にぼくには憐れに感じられる。小鼻の怒った、三白眼のヒステリックな小女」と、とらえることもある。だがその時は「ところでぼくはこの平凡な顔の持つ、女としての激しいアクセントに摑えられてから、どうにも逃げられないのだ」と、つまりは、この「女」からどうしたら逃れられるだろうかと深くうめくような思いの中での、描写なのだ。

二つとも、英光にとっては真実だった。二つのものが英光の中に、いりまじりながら、同じ重みで存在していたといってもよい。「小鼻の怒った、三白眼のヒステリックな小女」を憐れみうとんじながら、ほんの一瞬の後には、彼女に燃えあがり彼女を心から美しいと思うのである。はげしいアクセントで、一方から一方へゆれ動いているのは、やはり、英光の方なのであった。『野狐』という作品の書き出しの部分にはこう書いてある。

「ひとのいう、（たいへんな女）と同棲して、一年あまり、その間に、何度逃げようと思ったかもしれない。また事実、伊豆のM海岸に疎開のままになっている妻子のもとに、度々戻ったこともある。

しかし、それはいつも完全に逃げられなかった。（たいへんな女）が恋しく、女房の鈍感さに堪えられなかったのである。たいへんな女、桂子の過去を私はよく知らない。私は桂子と街で逢った。けれども普通の夜の天使と違った純情さと一徹さがあると信ぜられた。

私との商取引ができた後、私は四、五人の逞しい、異国人たちに取り囲まれ、喧嘩になった時、彼女は最後まで私の味方だった。またいっしょにホテルにいった後、彼女は包まず、自分の恥ずかしい過去を語り、流涕し、しかも歓喜して私の身体を抱いた。私は生れて初めて、肉欲の喜びを知ったと思った。彼女がいっさい、包まず、自分の過去を語ったと思ったのは私の錯覚である。しかし少しでも、自分の醜悪な過去を私にみせてくれたのは、私にとって救いであった」

醜悪な過去を包みかくさず語ってくれたから好きになったとは、いかにも学生時代ドストエフスキーを愛読したという英光好みらしい。

ところで英光は、妻子をおきざりにして女と同棲しているということで、親戚会議まで開かれ、彼女と別れるのをはっきりと承諾させられもするのだが、上京してきた妻子は姉の離れに住まわせ、自分は近くに仕事部屋をかりていくらも日数がたたないうちに、彼女と逢いたいという思いに、やみがたくとらわれてしまうのである。それでもはじめは、時々は逢っても、前のように同棲はしない、妻子との同居をつづけるつもりでいた。だが、毎夜のように彼女の勤めたキャバレーに行っては泥酔し、やがては、彼女が他の男と浮気しているのではないかという嫉妬の思いにせめられる。そのあげく、金から衣類までみな盗まれてしまったと駈けこんできた彼女といっしょに、アドルムと酒に泥酔し、妻子のいる姉の家で巡査まで来るような大暴れをしたあげく、二人で寝込んでしまう。次の朝、気性のはげしい英光の母親が、兄の家からやってきて二人を叱りつけ、結局、英光の姉の家にもまた兄のところにも行けないことになってしまったのだった。

彼女が、「何よ、追い出されて泣きべそかいて来たくせに」と罵ったのは、こうしたことをさしていた。

――しかし、私は、その時にはこれらのいきさつをほとんど何も知らないでいた。知ったのは、ずっとのち英光がこれを作品に書いてからである。彼の妻子についても、まだ三津浜においたままだとばかり思っていた。

別に英光にいろいろ聞こうという気もなかった。だいいち私自身が妻子を故郷にまだおいたままだったし、「家」をすてて別の女と同棲しているというのも珍しいことではない、という思いもそのころは強かったのである。

暴れたあとの文字通りの杯盤狼籍の中に、英光をごろんところがしたままで、彼女は、いつも低くおさえたような声で、英光がどのように毎日乱暴を働いたかを訴えつづけるのだった。それを全部聞いてしまうまでは帰れないという〝習慣〟みたいなものが、いつのまにか、できてしまっていた。

彼女は彼女なりに、英光に対して献身的であるのはわかった。そして英光が彼女に「愛情がない」などというのは、彼女からアドルムを渡してもらうための手続きとしてやっているようなところも、どこかにほのみえる。だが、彼女は、頭ごなしに英光を罵るだけであり、英光の気持を刺激するように刺激するように、神経をさかなでするようなことを言いつのってゆくのである。

あげくのはてに英光が大暴れするとしても、それは彼女の心からというものではないか。英光がそうなるようにあなたがしむけているのだ、そんな気持で私は彼女の話が終るのを待っていた。英光はアドルムの中毒患者なのだ。それを治すのが先決であり、そのためには、今のままではだめだと、いつか言おうと私は思っていた。

しかし、二人のアドルムをはさんでの争いは病的なまでにたかまってゆくように思われた。とにかく、彼女のやり方では、彼女といる限り英光はアドルムから脱け出せまい。アドルムをはさんでの複雑な〝なれ合い〟といったところさえみえる。彼女も大へんだろうが、二人の神経のへらし合いが続けば、現にアドルムにのめりこんでしまっており、より神経が繊細であるはずの英光の、精神ばかりでなく、肉体までが崩壊してゆくことは、眼に見えているように思われた。とにかく彼女と別れさせること、それをはっきりということ、そういう思いが私の中に急速に強まっていった。

英光と二人きりになった時、私は思いきってそれを口に出した。すると、英光はばかに軽い口調で答えるのだった。

「だから、別れるっていう時、とめなきゃあいいんですよ。いつだって、僕はあの家を出ようと思ってるんですよ。本気なのに、君はとめるんだもの」

たしかに、英光はアドルムを争い、二言目には「愛情のない女だ。別れよう」と立ち上る。「英光さん、やめなさい。ちゃんとしなきゃだめじゃないですか」と、私は、彼の乱暴するのをとめようとする……。私は、改めて英光のケロリとした顔を見入る思いであった。

6

英光が、頻繁に本郷にある私の会社にやってくるようになった。太宰の死ぬ少し前、英光は私の社から出していた『芸術』という雑誌に『地下室から』という小説を発表していた。英光が、共産党に入り沼津地区の責任者となり、英光自身の言葉をかりれば「思想は信じられても、人間は信じられぬ」として脱党するまでのいきさつを書き綴ったものだが、これを書き直して単行本として出版する計画がすすめられていたのである。ところが、この話がはじまってから英光が原稿を完成するまでわずか数か月の間に、出版界の景気がどんどん悪くなってしまっていて、英光の本の出版もなかなか具体化しなかった。

会社に来ると英光は、まず、せかせかした調子で印税が少し出ないかと聞いた。ほんの少額都合のつくときもあるが、たいていは出ない。すると英光は、またせかせかと私を誘って外に出てゆく。そのころ、本郷の私の社のすぐそばに筑摩書房があった。太宰の晩年の作品の多くは筑摩の『展望』に発表され、ここから出版されていたが、英光は、太宰と同じように太宰の弟子である自分は、そこの社長の古田晁氏に好意を持たれていると考えていた。そして反対に、編集長の臼井吉見氏は、太宰も嫌っていたが同様に自分も嫌っており、したがって臼井氏の方も自分には悪意をもっていると、なぜか思い込んでいるふうがあった。とにかく英光は、そういう時必ず筑摩に行って古田氏から金を借りようとした。二言目には、「じゃ、筑摩に行って、金を借りよう」と言うのである。筑摩から原稿を依頼されているわけでも、出版の約束があるのでもなかった。

ついてゆくのを断ると、古田氏と飲んでいるからすぐ来いと、近くのレストランから電話をかけてきたりするのである。しかたなく出かけて行ってみると、たいてい英光は一人でビールをのんでいた。「古田さんは、すぐ来るそうだ」と言う。

そして英光は、もうアドルムをのんでしまっているのだった。わざわざ呼びだした私への言いわけのように、温泉へ行く話、彼女と別れる話などをはじめるが、上の空なのだ。そして薬がある程度きいてくると、きっと、そこらにいる誰かに、つまらぬことから難癖をつける。

たとえば、店の女の子にヤミの外国煙草を買いにやらせ、代金をはらう段になると、とたんに血相が変るほど怒りだすのである。

「高いじゃないか。ボルな！」

「いいえ、この辺ではどこでもこの値段なんです」

「高いよ、それにおれはこの印のやつは嫌いだ。僕は、ちゃんと別の印のやつ買って来てって、言ったじゃないか。え、言わなかったか」

「聞いてません」

「なにを……。ちゃんと言った。なぜ、言った通り買って来ない？」

「でも、これしかないんです」

「じゃ返して来い。そして金返せ。ボルから不愉快なんだ」

すごい剣幕で執拗にののしり続け、女の子は今にも泣き出しそうになる。英光は、本気で怒っているのだった。些細な金銭に関することが多かったのだが、皆が、彼をだまし侮っているると考えているようであった。

ふいと気がかわると、今度は私に向ってぶつぶつ言い出す。

「古田の奴来ないじゃないか。ここでのんでいてくれなんて、最初から来ないつもりだったんだ。古田を呼びに行ってきてくれないか」

「いやです。英光さんが呼びに行けばよい」

「じゃ、今度は、君の会社のツケがきくところに行こうよ。こんなところで、古田のツケでのむのは不愉快だ。君んとこは、印税はらってないんだから、少しぐらいのませたっていいだろ」

そんなとき英光は、妙にいやしい調子になった。それも不愉快だったが、会社のツケのきく店どころか、月給の遅配が深刻になりかけているのだ。

「ツケのきくなんて、気のきいたことは、ぼくのとこにはないですね」

「じゃ会社からお金かりておいでよ。僕に御馳走するからって言えばいいだろ。今度来た時、そのお金、君に返すよ」

不愉快さを露骨にあらわすような姿勢になって、口をきかないでいると、

「君が言いにくいのだったら、僕が行って言おうか」

と、ますます執拗になった。

それでもなんとかして英光を送って、家まで連れて行くと、英光が靴をぬぐかぬがぬかに、彼女は頭からあびせるのだった。

「また、アドルムをのんだわねッ。どこからお金もらってのんだの」

結局、またいつもの二人の争いに最後までつき合わねばならなかった。

私の英光を拒否する思いは、だんだん生理的なものになってゆくようであった。英光が会社にあらわれると、肌がザワッとする感じになった。ただ単に英光をいやだという思いだけではない。いまの英光を、なにか他人の眼の前にさらしておきたくないという気持も強かったのだ。

大男の英光には、少し短めの、膝のぬけたズボン。泥のついたドタ靴の上に、靴下もだら

しなくズリ下っていて、垢じみた毛脛がのぞき、時にはスリ傷の血がこびりついたままになったりしているのも、すさんだ不潔な感じを与えるように思われた。花園町の家でだけ逢っている時はそうも思わなかったが、外でみると、顔のむくみも以前よりひどくなったようで、生気がなく、どことなく筋が弛緩しているように見えた。誰がみても、「中毒者」の風貌なのである。

妻子をかえりみず、「女」と同棲している英光を、薬品中毒の問題までふくめて、太宰の滑稽なエピゴーネンとみる見方は、かなり一般的にあった。もちろん、共産党から脱党し、カストリ雑誌にエロ小説を書きなぐっていることを、不潔な堕落とみる見方もあった。それら一切をひっくるめて、ジャーナリストらしい好奇心をもって、英光の挙動をみている同僚もいた。

私にとって、英光を汚されることは、尊敬する太宰を汚されることだった。英光だってそれはわかっているはずだ。とにかく、一日も早く今の状態から立ち直ってほしいし、それまでは、他人の前に出てきてもらいたくはなかった。

しかし、同時に私は、英光に立ち直ってもらいたいとは思っても、英光と彼女の間に立ってそのことのために奔走する気持は次第になくするようになっていた。それは、考えただけでもゾッとするほど、煩わしいイヤなことであった。とにかく、英光が出て来なければよい。

ところが、英光は、まるで無神経に、出てくる。私は、英光の顔をみれば、まず不愉快になった。逢えば意識的に冷たくかたくなに対した。

だが、仕事でこちらから英光に逢いに行かねばならない時もある。しかも、その仕事は約束通りの日に、印税がはらえないという断わりを言うことであった。そのことが、ますます私の気持を重くした。英光が来ても、奥の編集室から出てゆかず、しばしば居留守を使うようなこともした。

英光は、逢えないとなると、しきりに電話をかけてきた。私は、それにも三度に一度以下しか出なかった。相手が眼の前に居るのでなければ、かえって居留守が使いやすいのである。英光は「例の相談があるから帰りに是非よってほしい」などと言うのだったが、「例の相談」とはもちろん、温泉や女との別れ話のことである。だが、花園町の家に行って、彼女の前でそんな話がまじめにできるはずはないではないか。私は英光の語調の中に、他人の都合をまるで考えようとしないおしつけがましい身勝手さしか、感じていなかった。

それに私は、ようやく三鷹の駅前に鶏小屋のような粗末な狭い一間を借り、ようやく故郷から妻子をよびよせることはできたが、月給の遅配続きで、金策のために、たえずイライラし、卑屈な気持にもなっていたのである。

7

それでも私はまだ、英光のアドルム中毒の度合を、ほんとうには知らなかったと言ってよい。

その日英光は、いつもの〝古田氏のツケ〟でアドルムとビールに酔うと、本郷に家を建てて三鷹から移ってきたばかりの太宰未亡人のところと、豊島与志雄氏をたずねようと言いだした。豊島氏は、死ぬ前の太宰が最も親しみ敬愛もしていた先輩ということになっていて、太宰の葬儀の時には葬儀委員長でもあった。古田氏に対する時と同じように、英光には、自分は太宰の弟子なのだからこの二人からも好意を持たれているはずだと、根っから信じて疑わないようなところがあった。

今になってみると、特別な感情など持たれているはずがないと考えていた私の方こそ、狭く卑屈な考え方の中にいたのであり、古田氏も豊島氏も、そして太宰未亡人も、案外英光を愛していたかもしれない、と思うことがある。だが、あのころはそんなふうに考える余裕はなかった。不愉快に思い、迷惑に思いながらも、結局ついてゆかざるをえないことになるのも、たまらなかったが、太宰の弟子だということに大あぐらをかいて甘ったれているような、英光の思いこみ方が、いやでいやでならなかった。

薬がきいてくると、英光は、足首から先を妙に外輪に投げ出すような、バタンバタンとだらしのない歩き方になった。前を行く娘に近づいていって突然大声をあげ、逃げるのを見て傍若無人に笑う。そのしぐさの一々に、図体だけはでかい、鈍感な海獣みたいなものを感じ、敵意に近い憎らしさをおぼえていた。

豊島氏の家には三十分ほどもいたか。あれほど来たがっていたのに、来たかと思うとすぐ、今度は「おいとましよう」と言い出す。そして、次にまわった太宰未亡人は留守で、気づかっていたほどのこともなく、ホッと肩の荷を下し、英光に和解の気持を示したいという気分にさえなって「豊島さんは猫が好きらしいけど、だんだんご自分が年古りた怪猫のような感じになりましたね」などと言ったりしていたのだが――。

それから、すぐ近くの花田清輝氏の家に行き、(自分の作品の真価を認めているということで、英光は花田氏を大いに徳としていたのだが) そこでも十分もしないうちに、さあ帰ろうと私を促し、一町ばかり行って、某私立学園の校庭の下のところまで来た時、とつぜん英光はガクンという感じで、すでに酔ってしまっていた。上の方の校庭からこっちを見ていた中学生らしい二、三人に、なにか大声でわめきながら、崖をかけ上ろうとするのである。驚いて腕をつかむと、いきなりグニャリともたれかかってきた。あっという間もない。肩をつ

き放してシャンとさせようとすると、また、グニャリとする。そのままの姿勢で、

「花田さんの家で、便所に行くといったろ、あの時のんだんだ。君が、あんまり怒るもんだからさあ」

ゲラゲラ、ゲラゲラ笑うのだった。舌ももう完全にもつれていた。

そうして都電の停留場まで来ると、自動車で新宿まで帰ろうと言い出す。

「金なかったら、途中で、会社に寄ろう」

自分では金を持っていないのである。口もとに、涎をためていた。

私は、もちろん断る。あの花園町に行きたくはないし、行くいわれもない、自動車の金を英光のために使えるものか、そういう思いだった。

押問答をくりかえしていると、今度は英光は、「じゃ、アイスクリーム食おう」と、都電の停留所のそばのミルクホール風の店の中にふらりと入り込んでゆき、舌打するような思いでついてゆくと、英光は、注文したアイスクリームがまだ来ないうちに、もう出ようと言う。

「いやです。アイスクリームをたべなさいッ」

「なにッ、さあ行こう、行こうよ」

「いやです。電車もまだ来てないよ」

口をこじあけても、アイスクリームをつっこんでやりたい思いでにらみつけると、英光は、

水の入ったコップを土間に叩きつけて、

「もう頼まない。君の世話にならなきゃあ、いいんだろ。一人で会社に行って、あばれてやる!」

英光は、腰かけをたおし、そこら中にぶつかりながら出て行った。誰かに——といっても、そこには私しか居ないのだが——引き止めてもらうことを明らかに期待している姿勢だったが、もちろん私は立ち上がらなかった。

ようやく来た都電に乗って、一番前の運転台のところに立っていると、英光の後姿が、見えた。例の、バタリバタリとした歩き方で、背中のあたりが佗しく、次の停留所で、やはり電車を降りてしまった。英光は、私がそこにいるのを見ると立ち止まったが、不機嫌に黙ったままでいる。私も、そっぽをむいたまま、何も言わなかった。

次の電車に、英光は、待っていた人をつきとばして真先に乗ったが、乗ったかと思うと、

「何がおかしいんだあ。なぜ笑った。このチンピラ」

と、わめきながら、電車の中を、肩にカバンを下げた二人連れの中学生に、おそいかかろうとしていた。さっきの学園の生徒たちで、アイスクリームの停留所のところにも多勢いたのだが、英光は、彼らが自分を侮辱している、なにか悪口を言って笑っている、と思うらしかった。後ろの方から、運転台のところまで追いつめられて、中学生は、おびえた声で「ご

めんなさい、ごめんなさい」と言いながら、腕をまげて必死になって顔をかくしていた。英光はなおも、手にしていた雑誌で滅茶苦茶に殴るのだった。

私もあわてて、走っている電車の中をそっちの方に、足をよろめかせながら急いで行って、英光の腕にすがるようにしながら、

「英光さん、やめなさい、バカなことやめなさいったらッ」

英光ほどではないが、私も大きい方で、髪をそのころとしてはかなり長くのばしていた。異様な二人の大男がもみあっているのを、乗客はジロジロ見ているわけだが、その乗客の視線と、それを意識してたじろいだ気持になっている私の心理を十分計算にいれて、英光は、なおも大声をあげ私ともみあうようにするのだった。

会社の近くの停留所で、私は、英光の手をふりほどくようにして、かまわず一人で降りたが、英光は、少し後をニタニタ笑いながら、ついてきた。毒々しい悪意にみちた言葉を、英光の面上にあびせて、その言葉で英光をつき刺してやりたいと思ったが、興奮のあまり結局口から出てきたのはこんなことでしかなかった。

「他人の迷惑に鈍感な人は大嫌いだ。貴方だってせい一杯だろうけど、誰だって同じです。自分の弱さに甘えるのは、いちばんいやですね」

少し声がかすれた。

「ずいぶん威張るね。じゃ、もう絶交するか」

「結構ですね。ありがたいくらいだ」

「じゃ、君に貸した千円返してくれ」

カーッと、血が一ぺんに頭にのぼるような思いがした。

前に、口述筆記を手伝った時、英光は原稿料からお礼に千円「あげる」と言った。内心かなりあてにしていたが、いつまでも英光はそのままであった。私の社から印税が出たとき、私は、それがあったから千円「借りた」ことにして、さしひいて英光に渡した。もちろん、英光にことわりはしたけれども、それは、私のひけ目になっていた。英光の手から渡してもらうのならともかく、印税の上前をハネたのと結果においては、少しも変らないのである。

英光の方が、かえって私を刺したのだ。

会社につくなり、私は会計の部屋に入って行って、いきなり千円の前借を申し込んだ。いつもは、それくらいの金でも何かと渋られるのだが、私の形相もきっと異様なものがあったのだろう。すぐ金を出してくれた。

つきだすように差し出した金を、英光は、拍子ぬけするほどあっさり受け取り、さっきまでのことは忘れたように上機嫌で「この金でのもうよ。自動車賃は古田さんから借りる」と言い出すのだった。

それまで私は、英光について筑摩書房に行っても、外でまっていて、玄関の内に入ったことはなかった。自分の社で印税が出せないために英光は古田氏に金を借りるという、それでは古田氏にこっちの尻ぬぐいをさせているようなものだ。おめおめとついて行けるはずはない。それに、太宰の〝弟子〟が二人そろって金をせびりにきたなどとは、まちがっても言われたくないという気持もあった。

だが、今日はちがう。ついていないと、英光は何をしでかすかわからないという心配があった。はじめて、筑摩の古びた玄関の戸をあけた。いっぱいに本がつんであって、その奥に二階に上がる階段があった。

古田氏は留守だと言われた。すると英光は「じゃ臼井さんでもいい。臼井さんは居ますか。臼井さん、臼井さん」と大声をあげる。右手の奥のドアがあいて、臼井氏が出てきて「何かご用ですか」と見知らぬ人に対するように冷静に事務的に言う。英光の申入れは、もちろん簡単にことわられた。

「じゃ、この本もらうぞ、これを売るんだ」

「どうぞ」

かなりきつい口調で、にべもなく言い放つと、臼井氏はくるッと後をむき、室の中に入ってしまった。

英光はだらしなく玄関のたたきの所と板間をしきる応接棚に身体をもたせかけ、今臼井氏が入っていったドアの方をめがけて、臼井氏の悪口をわめくが、そこで事務をとっている誰もがこっちを見向きもしなかった。すると、英光は、ドタ靴のまま板の間の上に踏み込んで行って、私の名をよび「おい、もって行ってもいいって言ったんだ。もらってゆこうよ」と、体当りするようにして本の山をくずし、何冊単位かでまとめてある本を手当り次第に放り出す。縄がきれて、本がそこら中に散乱した。さすがに、そこにいた人たちは総立ちになり、誰かが叫んで、二階からも何人かがドヤドヤッと下りてきた。英光はますますいきり立ち、おさえられた腕をふりほどいて、臼井氏の入った室の方に突進しようとする。一人が横から腰にくみつき、一人が羽交じめにし、総がかりのようになって、ようやく英光を机の上におさえつけると、英光は、

「暴力はよせ、卑怯じゃないか」

と、あえぎあえぎ、言うのであった。

私は、情なく、恥ずかしく、そして、悲しかった。英光の腕をかかえこんで、しどろにそこに居る人にわび、外に出ると、身体中がカッカッと熱く、汗が一ぺんにふき出た。

そのまま英光を引きずるようにして本郷の表通りまで出た。英光はほとんど抵抗せず、引っぱられるままに、ドタドタついてきた。ところが表通りまでくると、英光は勝手なこと

を言い出し、しかもそれがほとんど一分おきにかわるのだ。飲もうと言いだすかと思うと、また豊島氏の家に行こうと言う。浅草に行って、パンパン買おうと言い、「臼井を殺してやる」と、通行の人を脅かすように、大声で言うのだった。

英光は自動車にのろうと言うが、私は英光の右の腕を肩のところまで、しっかり自分の腕の中にはさみこみ、もう一つの手では英光の手首をぎっちり握って、何もかまわず、ただぐいぐい歩いた。

自動車にのれば、結局、さっき英光に〝返した〟千円を使うことになる。私にも英光にも、そのほかにほとんど金はないのだ。どんなことがあっても、ウヤムヤのうちに、その金を使わせたくなかった。〝返した〟ということを、はっきりした形で残しておきたかった。だから、お茶の水まで連れていって、国電にのせなければと、私は固執していた。

英光は、私に引ずられて、ドタリドタリと歩いているが、思い出したように立ち止り、身体をつっぱらせて、腕をふりほどこうとする。空いている左の腕で、私の肩をドンドンとなぐりつける。身体向きが逆だから、それほどこたえない。かえって私は、片意地にたかぶって、にぎっていた手首の逆をとって痛めつけてやった。

「痛い、痛い、何をするんだ、痛いじゃないか、放せよ、おい放してくれ」

「じゃ暴れませんか。おとなしくしますか」

本郷一丁目の、そのころあったロータリーのところまで、それほどもない距離を、一時間以上もかかって、引きずったり立ち止ったり、争ったりしながら来たが、そこまで来ると英光は、道ばたに坐りこみ「自動車よべ」ともうテコでも動こうとはしなかった。

しかしタクシーは一台も通らなかった。通るのは自家用車ばかりなのだ。英光はそれに手をあげてみるが、もちろん止ろうとはしない、すると怒って、通る車、通る車に土くれや石ころを投げた。

もう国電でもタクシーでも、どうでもよい気持だったが、とにかくお茶の水まで出なければ、タクシーもつかまらない。立ち上がらせようとしたが、英光はもう完全にグタグタになっていて、腕をひっぱったぐらいでは、どうにもならない状態になっているのだった。背後にまわって、両わきに腕をさしこんで、ズルズル引っぱり上げるようにすると、全身でもたれかかってくるので、思わず私は、英光をかかえたまま、よろよろと腰をおとしてしまった。もう一度、腕をさしこみ、腰を入れ直していると、涙が出るように、やるせなく口惜しい思いがした。なんのために、こんなことをしていなければならないのか——。

私よりも大きく、しかも足をぶらぶらさせている英光を、何度かよろめきながら引きずり上げ、私の肩によりかからせるようにする。「六尺二十貫」の英光の巨体が、ぐんにゃり私におおいかぶさってきて、その重さは全身にこたえた。ようやく、なんとか順天堂病院のところまで運んだが、息がつづかず、汗が眼にしみる。一休みと、肩をはずすと、英光は、その場にクタクタとくずれこんだ。と、もう大の字になって、大鼾をかいていた。

私も、そこに腰を下した。ズボンが埃りで真白だった。何だかヒリヒリするので、まくり上げてみると、脛の毛も真白で、いつのまに傷ついたのか、向う脛から血が流れていた。

この日はじめて、私は、英光のアドルム中毒の実態を私の身体で知ったというわけだ。これまで私は、いっぱしの被害者のようなつもりでいたが、それは傍観者のうけたとばっちり程度のものでしかなかった。

そして私は、改めて彼女を見直す気にもなっていた。私は、ただ一日で、いわば骨身にしみてこたえたが、彼女は毎日、あの狂乱にたえているのだ。彼女がヒステリックになってゆくのも、当然のことかもしれないと、今さらのように思われたのである。

8

私は、ただ一途に英光を病院に入れようと思った。私の高校時代の友人の何人かが医者になっているが、その一人がおりよく横浜の精神病院につとめでいる。英光をそこに入れよう。いや入れなければならぬと思った。精神病院に入院させるのでなければ、英光の今の中毒状態を完全に治癒することはできないと考えた。このままでは、英光は廃人になってしまう。温泉にゆくにしろ、「女」と別れるにしろ、すべてはそれからのことだ。一日でも、一時間でも、早ければ早い方がいい、一刻をあらそって入院を急ぐ必要があると、私は思いつめた。私は、ひたすらに彼女に説き、朝早くまだ何の薬ものんでいないうちに、英光のところに行って、話した。

入院の日の朝、英光と彼女、私の三人が、それぞれの思いでむっつりおし黙って、都電を待っている時、英光は、手にしていた身のまわりの品を入れた小さな風呂敷包みを、ちょっとゆすり上げるようにしながら、

「金魚も、ただ飼い放ち在るだけでは、月余の命、保たず――か」

と、ふとつぶやくように言った。私に聞かせるためだ、と私は思った。

それは、太宰の若い時の作品『HUMAN LOST』の中の一節である。太宰もやはり睡眠剤の中毒になって治療のために精神病院に入ったことがある。その入院生活中の心にうかぶことを日記体に書きつづったのが、この作品である。〝だまされて精神病院に入れられた〟という思いが、この作品の主潮になっていた。しかも、太宰の入院は妻の不貞ということにつながっているのだった。誰もが自分を裏切って、病院に入れたまま、ほったらかしにしている、という太宰のそのころの思いが、そこにはこめられていた。

ところが、いま、英光は精神病院に入ることは入るのだが、入院中はずっと彼女が付きそって暮すことになっているのだ。太宰とは、まったく違う情況ではないか。『HUMAN LOST』とは大げさだし、それをつぶやいてみせたりするのはキザではないか。

「英光さん、それはちがうよ。彼女だってそばに居るんですし、ぼくだって見舞いに行きますよ」

と私は、わざと明るい口調になって言ってやったような気もするが、あるいはそのまま黙っていたのかもしれない。要するに、私は英光のその詠嘆ぶりが馬鹿らしいという感じでしかなかった。

太宰は、その作品の中で、しきりに「銅貨のふくしゅう」という言葉を使っている。「銅貨」とは、芸術家のたましいを知らない俗物ということらしい。「銅貨」は、身分だとか金銭、あるいは体面などさまざまな俗世間的な経緯から太宰の世話をやく立場におかれている。ところが、太宰は「銅貨」にさんざんに迷惑ばかりかける。だから「銅貨」は太宰を怨み憎んでいるが、表立ってはその怨みをはらすことができない。そこで、このような時におためごかしに、このような形で「ふくしゅう」をたくらんでいる、そういう思いの言葉であるようだ。今になって、ふっと、英光もあの時私に「銅貨のふくしゅう」を感じていたのかもしれないと思うことがある。

ところで、その精神病院は、横浜から私鉄で二十分ほど、そこでバスにのりかえて約十分、小さな丘陵群の一つに建っていた。すぐ前には国立の、また左手の丘陵には県立学校教師のための結核療養所などもある、なんとなく清潔で明るい感じの一画だった。

英光の病室として割り当てられたのは、二階の南向きの個室であった。日当たりがよく、窓からは青々とのびた麦畑の斜面が見下された。小鳥のさえずりさえ聞こえてきて、新宿花園町を思うと、今さらながら、まったくの別天地であった。畳が一枚はこびこまれ、ベッドのわきにしいて、そこが彼女の寝場所になった。

二週間で禁断症状はとれる、まず一か月程度の入院でよかろうと、友人は言っていた。もっとも「麻薬中毒患者は意志薄弱で治癒退院してもまた再入院するというケースが非常に多い、結局は自分の意志の問題ですから」とも言っていたのだったが、私たちは誰も、おそらくは言った当の医師もふくめで、それがすぐ英光のことになるとは予想していなかった。

私は、日曜日毎にそこに通った。会社の景気はますますわるく、そこへの往復の交通費は英光に出してもらわねばならなかった。私の〝状況〟を知っている英光が、気をきかす形で彼女に言いつけて金を出させるのである。それは交通費以上に余分の金額がふくまれていた。その金を生活費に当てたりしなければならない。私は、いつも英光が口にしていたことを今

度は自分のこととして、

「あァあ、太宰さんの弟子になって一つもよいことは、やっぱりなかったなあ。こうして英光さんの面倒みさせられて、テクテク神奈川県まで来なきゃなんねえンだからなア……」

などと言ってみせたりしていたが、その実、私の気持は卑屈であり重かった。

しかし、英光は、私の訪れるたびに健康をとりもどしてゆくようであった。顔の色つやも目にみえてよくなり、むくみも目のふちの不健康な蒼ぐろい隈もとれた。

「昨日、一日、ハイキングしたのよ」

ベットのわきの板の間にしいた畳の上で、彼女も明るく、とげとげしさはまったくなかった。小さな鍋釜でするままごとのような炊事にいそいそ立ち働いたりもしていた。

この時期のことは、後々まで英光にとってもなつかしい貴重な思い出となっていたようだ。後の、女へのたちがたい愛欲とアドルムとの、まさに〝疾風怒濤《シュトルム・ウント・ドランク》〟の生活の中で彼はこう書いている。

「人気のない、日当りのいい菜の花畑の上で、ぼくは桂子と抱擁し合った思い出まである、桂子が山の上で放尿したいという時、ぼくが道角で見張りをしたこともある。自炊するための枯枝を拾い集めながら、何度となく自然に口づけもし合った。土の匂いや草の香りに、ぼくたちは健康感を取戻し、お互いの愛欲も平凡で原始的に返った。

その証拠の一つには、さすがに病室との厳粛感から、ぼくたちはほとんど病室内で抱擁し合ったことはない。さらに、ぼくはピンポン、テニスに夢中になり、桂子の存在まで気にならぬほど健康になってきたからだ。殊に、テニスは、ぼくの少年時代、夢中だったスポーツの一つだったから、病院の看護人の青少年たちと、時間の経つのも忘れてプレイしていると、桂子が町に買い物に出ていなかったのも気づかぬほど愉しかった。この経験が、ぼくにいつ退院しても、桂子と別れられるとの自信を得させた。」(『愛と憎しみの傷に』)

しかし、よく読めばおかしいところもある。「女」との愛欲が健康で原始的なものをとりもどしてゆく前段には、その故にいっそう別れ難い思いがひそめられているのを感じさせるのに、後段では、その同じ健康さが別れさせる自信の源泉となっているのだ。しかも、ここに引用した個所のすぐ前には、子どもを連れて見まいに来た「妻」への、たえがたい嫌悪感を語っている。英光は、「女」と別れ、子どものために「妻」のところに帰ることを再び決意しているはずなのに、こうした矛盾の上にきずかれている「自信」とは、いったいどういうことになるのか。

そして、英光はすぐ次にこう書いている。

「それで、この病院での桂子の血液反応も強陽性であった故、ここを退院したら、まず、ペニシリンで癒《いや》し、ぼくひとり東北の温泉にゆき、桂子と別れると、桂子や三田に彼らの面前で宣言できたほどである」

彼女の本名は敬子《のり》であった。三田とはもちろん私にあてたものだろう。彼女の血液反応が強陽性であったということと、健康で原始的な愛欲ということが、英光の中ではそれほど矛盾なくつながっているらしいことにも、かなり複雑な奇異な思いにとらわれるのだが――、たしかに、英光は、公然と別れ話を口にするようになった。

もっとも英光は、それは今度がはじめてではなく、前から何度も彼女に話してあったことだと、言った。池袋西口のラビラントのようなマーケット街の中に（ここも今ではきれいに取りはらわれ、単なる広場になってしまったが）一軒、といってもバラック建てのいわゆるハーモニカ長屋の中の一つだが、手切れ金のつもりで買ってあるという。そういえば、前に彼女から、そこで飲み屋を開業した時のことを聞いたことがある。

「英光ったら、とてもヤキモチやきでしょう。そのお店の時だって、私が、他の客とちょっと外に出たりすると、そりゃあうるさいの。ああいうところでは、自分の店の客を他の店に連れて行って飲むのが仁義でしょう。それが英光にはわからないのね。おまけに自分も始終やってきては飲んでいるの。儲けもなにもないじゃない。私たち大喧嘩して、それこそ三日でやめちゃったわ」

いま売れれば、権利金だけでも五万円ぐらいになるだろうという。彼女が食事の用意などはじめだすと英光は、私をさそって散歩に出かけ、具体的な細々としたことを相談しかけてくるのだった。

「お金は、どのくらいあげたらいいかね。池袋のマーケットは冷蔵庫つきだから、あれと現金五万円ぐらいあげればいいかしら」

英光は笑って言うのだった。

「とにかく、最後の迷惑だと思って、たのみますよ。そのかわり、あんたが恋人と別れる時は、僕がやってあげるよ」

しかし私は、その時はまだ、英光のアドルムには、複雑でナマな愛欲の問題がからんでいることに気がついていなかった。英光にとってのアドルムとは、単なる催眠剤や酔いの促進剤だけのことではなかったのである。アドルムの中で、英光は彼女との愛欲をふかめ、愛欲の中でいっそうアドルムにおぼれている面もあったのだった。そして彼女もまた英光といがみあいながら、一面ではそのような英光の愛欲を積極的にうけ入れていたのだ。

9

私は、英光が遠い横浜の病院にいるということで、一種の〝解放感〟をあじわっていた。

病院に入っている間は、英光から電話でよび出されることもないし、あの巨体を花園町まで運びこむようなことも、しなくていいのである。私は、ただ何となくホッとし、のんびりしているだけであった。退院の日が近づいているということも、私は、具体的な現実のものとしては考えていなかった。私の頭の中の感じでは、それはまだ遠い先のことでしかなかった。だから彼女から、突然電話があった時は、まさに寝耳に水であったのだ。英光は、一昨日退院したという。そして昨夜、また（！）薬をのんで大暴れになったという。

思わず受話器から耳を離すと、彼女のめんめんと訴え続ける声が、遠く聞える。その受話器の中から、不吉な真黒な邪気がモクモクわき出てくるような気がした。とにかく行きます、と切口上で言い中途で電話を切った。すべてが腹立たしく、憎かった。

退院した翌日、英光は姉の家をおとずれ、温泉に行ってくる間、再び妻や子どもたちを離れに預ってくれと、頼んだのだという。前の事件のあった後、長男だけはこの姉の家に残り、あとの男の子二人と女の子の子どもたち三人と妻は、兄の家に預ってもらっていた。英光の老母も兄の家にいたが、朝鮮京城で英光が会社員をしている頃、その下宿していた家の娘であった英光の妻と、母とは少しくおり合いの良くない点があった。

温泉に行くということに、英光は、さまざまな思いをこめていた。そこでの健康な生活によってアドルムを完全に断つ確信をうること、また彼女と別れて生活できる習慣をつくること、そして、できるだけ費用を安くしてもらい、原稿に集中して金をつくること、一部は「女」との手切れ金にあてるが、一家がそろって暮せるような家を借りるか買うかするだけの金をつくるまでは頑張ること、それだけの金ができれば帰京して、健康な生活者となること――つまりは、温泉行きにそれらすべてを托していたのである。

だから、その間は家族をひとまとめにして預っていてほしい、一家がチリヂリでは、安心して温泉に止って仕事している気持になれなくなる、もし温泉に居られなくなれば、金がつくれない、金ができなければ何もかも一切ご破算になってしまう、それが、その時の英光の立てている論理のスジミチであった。

そのために英光は、本郷に新築した太宰家の二階が空いているはずだから、あそこに預ってもらうように頼めないか、と私に相談したこともある。太宰家にもまだ当時は幼かった子どもたちが居るなどして、そんなことが受け入れられるはずはないのに、英光は、「太宰さんを殺したのも仕事部屋の問題からだと奥さんも思っているはずだ。ぼくも仕事部屋に困っていまの女と同棲する羽目になり動きがとれなくなっているんだから、その事情を、すっかり打ち明けてたのめば、聞いてもらえると思うんだ」と、自分だけの理屈を言いはるのだった。

だが、英光の申入れは、姉から断わられた。この間の事件があったばかりなのだから、それは当然だった。しかし英光は、その「冷たさ」にカッとなり、アドルムをのんで再び大暴れに暴れた。

その時の自分の気持を、英光はこう書いている。

「『道ちゃんはダメよ。あんなに親切にしてあげても、あの時、女の方に行ってしまうんだもの。どうしてあんな気になったの』

など詰問するように言う。ぼくはこれにカッと激発した、前後の見境いもない。今日にいたるまで、自分を苦しめているのは、ただ家、家、家である。

ああ、姉たちのように、戦前安く立派な家を建て、戦争にも焼かれず、暢気《のんき》に子供をおいておかれる家という巣の所有者が羨ましい。その家をいっそ叩き毀してやれ、ぼくはこんなヤケな気持で立ち上りざま、いきなり、食物の一杯のったチャブ台をひっくり返し、『こんな家ぶっこわしてやるぞ』

と精一杯わめきちらしながら、素手でまず、縁側の窓硝子を叩きわり、硝子戸を足で庭先に蹴落した。いつか両手も血まみれになったようだが、ちっとも痛くないし、脅え上った子供たちを連れ、跣足《はだし》で逃げだした姉の姿がむしろ小気味よい。

ぼくは鴨居にぶらさがり、それも一つ外した記憶もあるが、どこで何枚、硝子を割ったかというような憶えはいっさいなく、ただ逃げる姉のあとを追い、内庭までいったところ、そこには騒ぎをききつけ、近所のひとが、黒山のように集っており、その中からぼくの仕事部屋を借りた隣家の老主人が、制止するように、両手をあげ、立ちでたのを、ぼくは一言も口を利かずに、つき倒したのを覚えている。」(『愛と憎しみの傷に』)

しかし私は(そしておそらくは彼女も)英光のそうした〝思い〟よりも、退院早々にまたアドルムをのんで、大暴れしたというその〝事実〟の方を重くみていた。

花園町の家には英光はいなかった。今日も薬をのんで、原稿料を集金してくると、ふらふら出かけたという。彼女は、雨戸をしめたまま、薄暗い部屋の中にボンヤリすわっていた。化粧もしていなかった。指の爪のエナメルも、ところどころはげたままであった。

私は、すぐ病院の友人に電話で相談し、再入院する手はずをきめた。彼女は、やや心を開いたように、ちょうど夕食時だからと、食事の仕度をしてくれた。いつもは、寿司だ刺身だと派手にふるまいたがる彼女が、キャベツを油でいためただけのそまつなお菜だった。しかし、そうした彼女の方が、むしろ好感がもてた。

その時の病院との打ち合せでは、屈強の看護人によって英光が少々暴れようと何をしようと強制的に横浜に連れてゆく、ということになっていた。ところが英光は、連行される途中、伊勢丹の角の交差点のところで、信号の変るすきに看護人をまき、入院はしなかったのである。

　再び彼女からの連絡で出かけてゆくと、英光は珍らしくアドルムが入っていなかった。不機嫌さを露骨にしながら（それも英光にはあまりないことだった）言った。

「人を気狂いあつかいにして強制入院させようというのはひどいですよ。僕は、まだ理性がありますす。入院しなければならないのは知っているし、入院する時は自分で行きますよ。だけど、金だってかかるし、あそこじゃ原稿書けないんだ。五日待って下さい。必ず入院する。そして、入院する時はそのかわり、もう迷惑はかけない。仕事専一にするから」

　その約束の前の日、英光は、彼女を刺身包丁で刺した。

10

　大部分の新聞は、田中英光という「痴情からの刃傷事件」の犯人が作家であることを知らず、一段組の小さな記事であった。私も、会社に行って同僚から言われて、はじめてそのことを知った。

　再入院させることに失敗した次の日、私は、ある小さな雑誌に発表された英光の『野狐』

という作品を読んだ。彼女との一切のいきさつを、枝葉をとって簡潔に一気に書ききっていた。英光は、この作品の中で、なにか捨て身になっているようであった。しかし、どこか不吉なかげりがある。私には、太宰が死ぬ前に書いたいくつかの作品と、どこか共通なにおいが感じられてならなかったのである。

前に入院する時、英光は、あずかっておいてほしいと一、二枚の便箋を私に渡した。あの巨体には似つかわしくない、まるで小さな丸まっちい字で書かれた、英光自身の「作品目録」なのであった。もし何かあったら、これによって作品集なり、選集、全集なりを編んでほしいということなのだろう。だが、英光は、精神病院にそのまま永久にとじこめられてしまうわけではない。例の「金魚も……」の言葉といい、私は、英光の大げさな〃身ぶり〃に、呆れる思いがしていたのだが、案外、あれも本気だったのかもしれないと、いまさらのように思われた。

英光は、一面では、憎く腹立たしくてならない存在だったけれども、本質的に英光が憎かったわけではない。何でもない時の英光のまるで人なつこく無垢な笑顔のことも思い出された。この英光の才能を、どんなことがあっても、つぶしてはならぬと感傷的なまでに、思いつめていた。

すぐ花園町の家をたずね、今『野狐』を読んでの気持を英光に語り、もう一度真剣に、アドルム中毒をなおす相談をしようと思った。自分としても、不愉快になり迷惑がることで、英光のために本腰を入れることを回避することは、もうやめようと思った。

が、英光は留守であった。私は、考えていたことを原稿用紙に書いて、渡してくれるように彼女に頼んできた。

「その『野狐』ってどんな小説ですか。どうせ、私の悪口でしょう」

敏感に、彼女はいやな顔をして言った。

なるほど、彼女が読めば悪口としか見ないかもしれない。彼女のことを、のっけから（たいへんな女）と書き、「浮気というより、淫奔」だと書き、「ジフリーズで、ペニシリンの注射をさせてやっていた」ことまで、洗いざらいみな書いてある。そのような「女」の不憫さ、そしてまたその女にひかれてゆく自分のどうしょうもなさが描かれてあると言っても、書かれた本人にとっては、何の救いにもなるまい。

ふっとそのことを考えたが、今さら書いたものを取りかえすのでは、いっそう不自然になる。少し気になったが、そのまま帰ってきたのだった。

新聞を見ながら、直感的に感じていたのが、その置き手紙のことだ。彼女は、英光と一緒に住むようになってから、その作品はたいてい原稿の時に読む習慣になっていた。『野狐』という作品の存在を発表されるまで知らなかったとすれば、それだけでも愉快であるはずはない。そして、『野狐』は、英光がはじめて彼女を真正面から、あからさまに書いたものなのだ。いずれは、わかってしまうことだったにせよ、私の置き手紙が、その直接の原因になったのではないかと思うと、さすがに落ち着かない気持だった。

英光の作品によると、彼女は、ペニシリン注射のため病院に行く途中、雑誌を買って『野狐』を読み、「ありがとう。いい一生の記念にするわ」と、その小説の切取りをハンドバックに入れ、怒気満面で帰ってきたとある。（『愛と憎しみの傷に』）

それから喧嘩になって英光は、花園町の家をとび出し、新しく英光の作品を単行本として出版することになっていた飯田橋の小山書店に行き、そこを住居にしている編集長の高村昭氏の家に泊めてもらった。その夜は近くの中華料理店で、ビールとアドルムをのみ例のように泥酔し、次の朝印税の一部五千円を受け取ると、私の会社に電話したが、まだ私は、出勤していなかった。

「ぼくはすぐ三田に連絡し、その日のうちに、東北に発つ積りだった故、この返事にはかなり絶望したが、それでも、ともかく行くから、もし三田がみえたら、そう伝えてほしいと電話を切り、暫くはぼんやり窓外の雨を眺めていた」（同前）

英光は午後三時頃、雨の中を私を訪ねると言って、小山書店を出た。すぐ薬屋で三十錠アドルムを買い二十錠のむうち、気がかわって、花園町に帰りたくなった。

しかし、彼女は、やはり機嫌がよくない。英光は、妻子と別れること、彼女と仲良く暮すことなど、紙にまで書いて誓った上、彼女を「陽気に、情欲的にさせたく」ビールを二本買わせて、彼女にのませる。だが、英光の意図とは正反対に、酒乱気味になる癖の彼女は、意地悪く英光に当り出す。そして、ついに英光も爆発する。

「『出てゆけというなら、出てゆくとも、しかし俺の買ってやったものはみんな、ぶっ毀してゆくんだ』

と立ち上りざま、その前年の暮に買ってやり鏡は女の魂よなぞ古風な感想を洩らすまで、彼女の気に入りらしい、等身大の鏡台に素手で一撃を与え、鏡面の倒れるのをわざと硝子の割れるように箱の角に更に叩きつけた。

『重道さん、またあんたは汚いことをしだしたのね。なんだい、これぽっち、あれこれ買った位で、わたしの損が取り戻せるものか。どうせ淫売扱いするなら、それでもいいわよ。ね、一昨年の暮から同棲したのを一日千円の割で払って頂戴。どうだい、払えやしないだろ。汚ない男だね。出てゆけといったら出てゆきな』

『ようし、茶簞笥もみんな俺の買ったものだから、ぶっ毀してゆくぞ』イキリ立って台所に刃物を取りにいったぼくの身体に、桂子が烈しく絡んできて、

『いけない。この上、品物を毀す積りなら、わたしを殺して頂戴』『貴様なんか殺すもんか。その代りに、包丁一つでこんなバラックぶち毀してやる』

四十近くになりながら、まだ自分の家の持てぬぼくは、それほど無意識的にも、家の所有者を羨みねたんでいたものだろう。台所で先の鋭い刺身包丁を掴んだ右手に、桂子の身体がつき当ったのをつき払った覚えがある」(同前)

彼女の傷は腸を貫いて脊椎に達していた。生命の危険はないかもしれないが、断定はできない。四谷のM病院に入院しているとのことであった。

英光は四谷署に留置されていた。留置場でズボンを首にまいて自殺をはかったが、同房の者にすぐとり押えられたという。

11

四谷署の留置場は地階にあった。

刑事部屋というのか、巡査たちが宿直したり休息したりするらしい、一方が畳敷になっている部屋で面会するのであった。廊下のつき当りの、太い木格子がはまった扉がひらき、英光は、しきいをちょっとかがんで出てきた。いつものホームスパンの茶の背広を着ていたが、どういうのか、片袖を腕まくりするように、少したくし上げていた。

入口の所に立っている監視の（？）巡査にせかせかした口調で「すみません」と言い、同時に私に向って「やあ」と言った。

畳の方で碁をうっていた巡査が、顔を碁盤にむけたまま、

「田中、毎日面会で賑やかでいいな。おまえ小説家だってな。出てから、あんまり悪口書くな」

どことなく、軍隊の「下士官室」の雰囲気であった。これに応対する英光がまた、下士官に対する「兵隊」だった。「××さん」と卑屈な親しさでよびかけ、「……の奴ですがね」などと、同じ留置人に頼まれたらしい連絡を伝える。その「兵隊」ぶりには、どこかひどく手なれたものがあった。

英光の手には、まだ、姉の家でガラスを割って怪我をした時の繃帯がまいてあったが、真黒に汚れたままであった。煙草をさし出すと、英光は、歯をせせるように忙しく吸っては、話をしながら煙草が半分ぐらいになると、手の先で火をもみ消し、足を組みかえたりして巡査たちの目をぬすみながら、冷飯草履の間や、ズボンのおりかえしに吸殻をかくしていた。私の目は、少しも気にしていないようであった。

英光は、気ぜわしい調子で、何度も途中に〝それでね〟という言葉をはさみ、こんなこと

を私に頼むのだった。

「ぼくに殺意があったかどうかが問題らしいんだ。もちろん、そんなつもりはなかったんだし、だいいち、ぼくはまだ横浜の『病院』を仮退院で治療中の患者ですからね。それでね、横浜に連絡して、それを警察の方に証明してもらってくれませんか。そうすると、不起訴になって早く出られるらしいんです。今度こそ、はっきり別れられるでしょう。不幸中の幸いです。それでね、彼女の方で示談書を出せば、簡単なんですけどもね。彼女の伯父さんがどうしても刑事事件にするって、怒っているらしく、それでね、一回様子見て来て下さい。彼女は、僕の気持わかってくれると思うんだけれども……。それに近いうちに検事が彼女の方に行くらしいんで、それも、彼女によく言っておいて下さい」

あっけにとられるほど、自分本位でしかない英光の言い方であった。

太宰が死に、英光と改めて親しくなり、こうしたつき合いをするようになってから、まもなく一年がすぎようとしていた。五月下旬の雨もよいのむしあつい日で四谷署からすぐ近くのM病院まで歩いてゆくうちに、だらだら汗が流れた。英光の才能をつぶしてはならないと考えた私の気持に嘘はなかったが、そして、それはなお消えてしまったわけではないが、なんのためにこんな不愉快な思いをして、煩わしいことにまきこまれねばならないのか、という前からの思いも、また次第に強くなりだすのは、否めなかった。

彼女の病室には面会厳禁のはり紙がしてあった。看護婦から医師にあい理由を話して面会の許可をうけた。畳敷きのその病室には、いかにもお百姓といった感じの小柄だが頑丈で、実直そうな、そして、それぞれにやはりどこか彼女に似たところのある両親と、国民服を着た細面の伯父という人が、ひっそり坐っていた。十五、六になる彼女の妹もいた。

彼女は、なにかを洗い流してしまったような表情をしていた。私が枕元に近づくと、

「こんな、ことに、なって、すみません」

と、あえぎながら言って、眼に手をあてた。その声の力のなさに、ふと芝居じみたものがないでもなかった。

「ちょっと大事な話が……」

と言うと、カンのいい彼女はすぐ察して、両親たちを外に出した。だが、英光の言うことを、彼女に伝えることは難しい。私は、できるだけ言葉を慎重にえらびながら、「英光も彼女のことを心配していること、しかし、刑事事件にはしたくないと心を痛めていること、その点、ご両親や伯父さんなどの気持はどうかについて、ひどく気にしていること」を話した。「示談書」のことは、つけたりのようにして話した。それ以外に言いようがなかったのだ。

「私は、今でも、英光を愛してますわ。その気持は、絶対、変っていません。伯父たちもいろいろ、言っているんですが、私の気持は変らないからって、英光にそうおっしゃって下さ

いね」

　だが「示談書」のことだけは、もう一度、念をおしておきたかった。おそらくは、そこが英光の頼んでおきたいカンジンの点であろうし、それがないと、私の英光に伝える内容もあまり漠然としすぎると思われた。そこで、帰りぎわに、きわめてさりげなく言ってみた。

「その『示談書』ってやつなんだけど、どうします？　英光さんの方に、どう言っておこうか……」

「ええ……考えておきますって……そう言って下さい」

　明らかに気のない表情になった。

　間一日おいて、私は四谷署に出かけた。

　入口のところで、差し入れの弁当を持ってきた英光の奥さんと一緒になった。彼女と逢うのは、これがはじめてであった。もちろん、垢ぬけない世帯じみたやつれや、疲れも目立っていたが、花園町の彼女よりは、ずっと美しい人のように思われた。地階に下りる階段のところで、彼女は、額に大つぶの汗をうかべながらあわただしく、しかし、くりかえしくりかえし日頃の礼を言うのであった。私は、それまでこの人のことを、ほとんど考えてはいなかったのである。ひどくとまどう思いで、「は」とか「いや」とか言いながら、私もまただらだら流れてくる汗をしきりに拭うだけだった。英光は留置場の食事がまずいというので、毎日、お菜の弁当を差し入れに通わせているのであった。

その日は「刑事部屋」ではなく、留置場のすぐそばの狭い面会室で逢った。英光は、奥さんの持ってきた風呂敷包みから、牛乳瓶をとり出すと、立ったまま一気にのみほして、明日のお菜の品物の注文をし、「もういい」とそれだけで、奥さんを帰した。

そして、いきなり話しだしたことは、この前とはまるで違っている。

「弁護士が昨日来てね。今度出たら、ぼくの希望する方の女と一緒にするっていう兄貴の意見なんだそうだ。それでね、ぼくは、やっぱり彼女の方を愛しているし、そうする義務があると思うんです。ぼくの愛情は変らないんだけど、彼女の方はどうですかね。示談書だって、ぼくを、本当に愛してくれるんなら、すぐ書いてくれるはずだと思うんですよ。もし、彼女が、ぼくをもう愛してないと言うんなら、ぼくは女房とも別れて、一人で暮すことにします。それでね、彼女の気持をよく聞いてきて下さい。言葉じゃわからないから、何か書いてもらってほしいんだけど、愛情の証拠がみたいんです。それでね、示談書のこともよく言って下さい」

結局、同じなのは「示談書」のことばかりであった。それでも気になったのか、最後にこうつけ加えた。

「彼女の療養費やなにか、お金もかかるし、早く出て書きたいんです」

この日も、むし暑いくもり空の日だった。

彼女は、いく分かは元気になったようで、頬にも少し赤味がさしていた。しかし、今度の英光の言葉を伝えるのは、この前よりもいっそう難しい思いがした。そして、彼女は、やはり怒った。興奮して、低いながらも語気が強くなっていた。

「私の気持ですって？　私の気持は、この間申し上げたじゃありませんか。あの通りよ。ちっとも変ってません。私の気持より英光さんの気持の方が問題だわ！　私は、死ぬほどの目にあっても、彼のことが心配で心配で夜も眠れなかったっていうのに……。うわ言も言ったそうよ。それなのに、英光さんは誰もお見舞にもよこそうともしないじゃないの。奥さんだって、誰だって、ちゃんとよこすべきだと思うわ……」

毎日、お菜を差し入れさせていることも、誰かから聞いて知っていた。

「奥さんも奥さんよ。毎日差し入れにくるのなら、ここにもよれるわけでしょう……そのことも、英光が少しも留置場のご飯たべないなんて、どれほど責任を感じているのかしら。示談書、示談書って、ただ早く出たいだけなのよ。あんな人はもっと苦しむべきなのよ。アドルムもなおるし、英光さんのためにだってなりますよ。私が、両親や伯父の間にはさまってどんな苦労をしているか、ちっとも考えていないんです」

最後は、涙声になった。それでも「愛情の証拠」は、書いてくれた。煙草の空箱のうらに、鉛筆で、幼い字だった。愛情は変ってない。むしろますます深まっていることを簡単に書いた後に、「しかし、これまでのようにだまされるのは、もういやです。だから、両親たちの意見もあるので示談書は、今のところ書けません」とはっきり書いてあった。

だが英光は、その手紙を見ようともせず、せっかちな調子で、私の口から話して聞かしてもらった方がいいと言う。そして、結局英光には「示談書は書けない」と言ったことばかりが強く印象されたようであった。ひょっとすると英光は、「愛情の証拠」イコール「示談書」、「示談書」イコール「愛情の証拠」と考えていたのではなかったろうか。

「女の方がロマンチックだと思っていたけれど、ぼくたち男の方が、はるかにロマンチックだね。ぼくの方がまだ彼女を思い続けてますよ。示談書なんかいらないって伝えて下さい」

苦っぽく笑って言った。英光が、ロマンチックという言葉にどんなイメージを托していたかはわからないが、とにかく、彼の方が彼女よりもはるかに「ロマンチックに思い続けている」と、自分では心から思っているらしいのだった。「愛情の証拠」にはついに、一回も手にふれようとさえしなかった。そして、私に預っておいてくれ、と言うのだった。

12

それから間もなく、英光は、精神鑑定のために世田谷の松沢病院に送られることになった。その間、肉身の外は、面会を許さないということだったが、しかし、英光から「解放」されたわけではなかった。

彼女の傷は悪化して、二度三度の大手術をくりかえさなければならなかった。彼女は、私が四谷署との間を往復して見舞っていたころよりも、いっそうやせ、病人らしい面持になってしまっていた。

英光の奥さんは、一番下の男の子を田舎の親戚にあずけ、働きに出ることになっていたが、英光は、今度は自分の老母を毎日通わして、相かわらずお菜を差し入れさせていた。

いずれにしても金がいるのである。

事件以来、英光の面倒をみる羽目になってしまった小山書店の高村氏と手分けして、英光の作品をリスト・アップし、原稿料や印税の集金に出版社・雑誌社を手当り次第にまわることにしたが、思うようにゆかない。すんなり金を出してくれそうなところは、とっくに英光が前借までしてしまっているのである。

病院の彼女からも何度か電話がかかってきた。身体の調子がなかなかよくならないこと、病院の払いの遅れはどうすればよいかということを、くどくどとくりかえし訴えつづけるのであった。聞いてみると、だんだん私が責められているような気分になってくる。だが、彼女が訴えることのできる相手は、私しかいないのだ。そう思うから、私は、黙って聞いていなければならなかった。

それに私の会社はいよいよいけなくなって、百円の金に困るようになっていたことも、私のイライラを倍加させた。英光の一日の差し入れの費用で、こっちは何日分かの生活費だとついこんなことまで考えて、どうしようもなくなるのだった。

英光の作品には彼女との関係について、こんなふうに書いているところがある。「昔、私の酔いは温かく朗らかで、友人にも好かれたものだが、女と同棲して一年あまりの間に、女の残忍な酔いが私にものり移ってきた」「こうした酔い方は、歪んだ女の酔い方で、前から私のものでなかった。私の酔いが、女の酒乱に似通ったものになったのに私はぞっとする」(『離魂』)

私と英光との関係にも、それに似通うものがあったのかもしれない。考えてみれば、私は英光のこととなると、たとえば金銭のことにからんで、必要以上にいやしくなったり卑屈になったりしてイライラしていたのであった。英光とつき合うまで、そういうものが、私の中に全くなかったというつもりはないのだが、英光のこととなるとすぐ金銭のことにこだわってしまうのだった。

精神鑑定の結果、英光は不起訴になった。英光は、性急に退院したがっているという。病院では小説が書けない、小説が書けなければ、彼女の療養費やその他、金がつくれないというのが例によっての言い分であった。だが、英光の兄は、英光とは十二も年がちがって、幼い頃から父親がわりの役をしてきた人だが、アドルムを完全に断つためにも、社会的責任ということからも、最低三か月の入院は絶対必要という意見だった。英光が、松沢病院から退院するには、肉身の承諾が必要だったのである。

高村氏と私とは、何度か英光の兄岩崎英恭氏（英光は母方の性をついでいた）によばれて、相談をうけた。かりに退院させるとしても、彼女との問題、妻子との関係をどう始末するのか、英光にどんなことを条件として認めさせるか、など、いろいろのことがあった。

私は私なりにまじめに応じ、卒直に私の考えをのべもした。その気持に嘘はなかったが、一方では、所詮は煩わしい他人事だという思いも、心のどこかからたえず離れなかった。横浜の病院に英光を入院させたとき、英光の肉身たちは一言も相談なくやったということで、私のしうちを怒っていた、と彼女に聞かせられたことがある。彼女らしく、英光の妻や肉身たちと張り合う気持からの誇張もあったのだろうが、私には、こちんときた。だったら、なぜ肉身であるそれらの人々が、最後まで面倒みてやらなかったのか、こっちは、好きでやっているんじゃない、などと考えていたのである。その時の思いもまだ残っていた。

そして、英光は、約一か月入院しただけで退院することになってしまった。私は、とうとう退院の前日までそこに行かなかった。その何日か前から誰とでも自由に面会できるようになったということは聞いていたが、その日まではどうしても行く気持にはなれなかった。義務をはたすようなつもりで出かけたのである。

廊下にはまった鉄格子をくぐりぬけて、英光の病室に案内されると、そこには、高村氏のほかに雑誌の編集者や若い女性、それに梅崎春生氏が来ていて、病院にはちょっとそぐわない賑かな雰囲気だった。話ぶりでは、私だけが、そこへのはじめての訪問者であるらしかった。英光は、例の性急な口調で、元気に談笑していた。

私は、自然に、英光とは一定の距離をおいて対していた。英光にも、どこかそういうところがある。そして、英光にそう出られると、私は、疎外されたように何かさびしさをおぼえたりするのだった。

そこへ、また二人ほど編集者が原稿の依頼にきた。どちらも、今度の事件をテーマにして、ということである。英光は、何ということもない、けろりとした風情で「それはもう約束があるから、精神病院をテーマにしたものではどうですか」などと応待していた。

英光は、もうすっかり一種の「流行作家」になっていたのだった。

そういえば、アドルムも有名になった。

「平和な睡りアドルム」という広告に「但し適量をお用い下さい」と改めて小さく添えたのを見た時は、思わずひとり失笑した。

英光が、もともとアドルムをのみだしたのは、薬品会社が宣伝のために送ったのを使用してからのことである。英光は、それについていたハガキか何かを送り、宣伝用パンフレットにその英光の文章がのって、さらに何箱か送られ、それでアドルム専門になったのだと英光から聞いたことがある。薬品会社から小売店にあてての、特別にこの人には多量売ってほしいという〝証明書〟のようなものさえ、英光はもらっていたようだ。いまさら「但し適量をお用い下さい」もなにも、あったものではなかった。

退院しても、私は、英光を訪ねなかった。兄の英恭氏の家で、仕事をすることを、英光は誓って、退院を許されたはずである。彼女のことも、今度は、英光自身が英恭氏などと相談でもなんでもしてやればよい、そうすべきだと思っていた。そして、英光もまた、私のところにあらわれなかった。

ところが、しばらくぶりで彼女から電話があって、重大な話があるからぜひ病院に来てくれという、せっかく忘れかかっているものを、強引にひっかきまわされる思いがした。英光が兄の家に居たのは、たった一日だけのことで、花園町の彼女の家に来ており、すぐまたアドルムをのみだしたというのだ。

彼女はすっかりやせてしまったが、もうそれほど病人らしい感じではなかった。

「英光さんを早く退院させるから、こんなことになってしまうんです。昨夜だって、アドルムを飲んで、この病室までやって来て、大声を出すんです。私、泣くにも泣けない気持です」

しかし、私は、やはり花園町の英光のところには行かなかった。

13

ところで、英光にとって文学とは、幼い頃から親がわりで自分の人間形成に深い影響をもってきた「兄」からの自立、いうならば、〝兄ばなれ〟ともいうべき意味をもつものではなかったかと思う。と、するならば、彼が英恭氏の家にはたった一日しか居なかったのも当然であるはずだった。

英光は、学生時代にも戦後のことのときにも、二度とも、マルキシズム運動から離脱したが、それは同時に文学への復帰なのであった。英光は、いつもマルキシズムと文学を対立的にとらえ、二者択一的な選択をしているふしがある。そして、文学もマルキシズムも、英光は兄に導かれたものであった。

しかし、少なくとも文学の場合は、常に英光の親権者であり指導者であった兄も、実践者ではなかった。豆本の講談に熱中していた少年の英光に、『赤い鳥』を買いあたえ、世界文学・日本文学の〝名作〟を読ませたりして、文学に眼を開かせたのは、たしかに兄ではあったけれども、詩を書いて『赤い鳥』に投稿し、やがてそのうちの一つが北原白秋編集の『日本児童文庫』の中の『児童詩集』にまで採録されることになったのは、ほかならぬ英光自身だったのである。その点で、はじめて英光は兄より優位に立ちえたわけだ。

しかも、英光にとって文学とは、幼くて死別した父に帰ることでもあった。父岩崎英重は鏡川と号して、大町桂月と親友であり『桜田義挙録』をあらわして郷党土佐の先輩田中光顕の知遇をうけ、維新史料編纂官となり、今でも維新をテーマにする歴史家・作家にとっては重要な『坂本竜馬関係文書』その他を編纂した人であった。兄英恭氏の書くところの「青雲の志をいだいて郷里を出奔し、事志とちがって巷にさまよっていた父は酒をのんではよく母と争っていた」というのも、どことなく英光と似ている点がある。英光の少年時代の豆本講談本の乱読、後年の伝奇・稗史好みも、この父と切り離しては考えられないだろう。

そして、英光は文学の中で、太宰とめぐりあった。左翼からの脱落と自我の崩壊とを意識の中に重ね持っている点においても、「大男」の自意識過剰という点でも、さらにはカンジンの長兄コンプレックスにおいても、英光は、太宰の中に多くの共通するものを感じたはずだ。太宰は、英光が文学の中で発見した新しい「兄」であった。かつての指導者であった実の兄が、英光にとってその後もなお意味があるとすれば、それはマルキシズムに眼を開かせ、科学的な世界観を身につけさせてくれたこと、そして、一緒に地下運動の実践者であったこと、これしかない。

こうして、英光にとっての文学は、いよいよ〝兄ばなれ〟にならざるをえない。そして〝兄ばなれ〟はマルキシズムから遠ざかることにつながり、逆にマルキシズムからの離脱を思うと、文学への回帰が浮び上ってくるのだった。

しかも英光は、文学にひどく執念をもやしていた。文学者が文学に執念をもつのは当然のことだが、英光の場合は、少しくちがったところもある。それについて、河上徹太郎氏はこのように書いている。

「彼の文学に対する妄執は、一見恬淡な彼の性格を裏切って、根強く且古風である。従って、その自信も相当なものであり、且文壇的な見栄を気にすることも案外で、その点太宰の持つヴァニテイのようなものを多分に持っている。それが太宰の場合には如何にもその人物にピッタリしていたが、英光の場合は、その図体に比べて柄にない感じのあるのは争えない。そして大局から見れば、矢張りそのため得をしているよりは損の方が大きいであろう。とはいえ、この種の身についた根性は直せといわれたって先ず直るものではあるまい」(全集11)英光は、「主義は信じられても、人間は信じられぬ」として、共産党員のエゴイズム、官僚主義や腐敗を問題にしている。そして、そのような党の弱さをデフォルメとして書いたことが悪意の内幕暴露小説としてうけ取られ、党内で攻撃されたと、それを脱党の理由の一つにあげている。さらには、作家的自由がほしかったとも書いている。それらは、たしかに英光の〝実感〟であったのだろう。

だが思想の正しさに確信を持つことと、人間を信頼することとは、同じ「信ずる」という言葉を使っても、違う次元の問題のように思われる。英光が、この使いふるされた言葉をたよりにして党から離れたということには、そのようなきれいごとだけではない、まさに英光の文学への〝妄執〟ともよぶより外にないなにかが介在していたことがうかがわれるのである。

英光が『オリンポスの果実』で池谷賞を受賞し、いわゆる〝文壇に出た〟のは、昭和十五年のことであった。同じ年、織田作之助が『夫婦善哉』で、当時改造社から出ていた『文芸』の「新人推薦」となっている。文壇序列では英光の方がやや上というように、少なくとも英光自身は考えていた。ところが戦後、織田はたちまち第一線の流行作家になり、英光の師である太宰と肩を並べるような存在になってしまった。そして英光よりは、はるかに後輩の〝戦後派作家〟たちがさかんに活躍していたのだ。「お手軽作家ばかり流行し、自作が売れぬのに公・私憤を感じ」（『君あした去りぬ』）「すでに終戦後の作家飢饉で、多くの流行作家が世に出た後では、私は、いわゆるバスにのりおくれた形で」（『野狐』）などと書くところに、案外英光の気持は、正直ににじみ出ている。

さらに、この〝妄執〟には、英光流の言葉で云えば「享楽」であり、「金、金、金！」の問題がからんでいるのだった。英光にとって「酒」「女」への肉体的要求は、つねにその「六尺二十貫」の巨軀にふさわしく強烈であった。

英光が「学生時代に少しその非合法運動をした共産党に、戦争の見透しの正しさや、終始節を持した幹部たちの立派さに感激し」「インフレや第三次大戦の惨禍も党なら救えると信じ」（『君あしたに去りぬ』）て入党したことも、また自分の生活を犠牲にするまでに党活動に献身したことも、その気持にいつわりはないはずである。しかし同時に、英光は自分の中にひそむ肉体的要求の野蛮なまるでけもののようなはげしさをも知っていた。だからこそ、英光は酒ものまなかったし、まれに帰宅しても「清教徒じみた説教をするばかりで」妻にさえふれようとしなかったのだ。（同前、『風はいつも吹いている』など）

だがまた、そのような清教徒の如き献身をすればするほど、たえず、おれはついに作家として文壇に地位を確立できないのではないか、大酒をのんで遊蕩したい。自分の欲求に忠実でありたい、という思いにも、責めさいなまれているはずであった。

新日本文学会の第二回大会で「文学者も文学者である前に、社会的人間として、広い意味での政治家として」正しく行動すべきではないかという一見素朴な政治主義的意見をふりかざして中野重治と論争したり、また、作品の中に、「小田作之介」や「鮒箸整一」の「木挽町辺の待合で豪遊し、一晩に何万もの金をつかったり」、「自家用高級車を買い柳橋の狎妓を落籍したり」という流行作家ぶりを書きたてながら、そのすぐあとに、それぞれカッコづきで（ボクには……ただ憧れと嫉妬の的に思えた）とか（できれば、ボクも彼のようになりたい）とかカリカチュアライズして挿入してみせるところにも、彼の屈折した気持はあらわれていた。

そうして、英光は、いまようやく「流行作家」になろうとしていた。

だがそれは、英光の文学の質とはあまりかかわりなく、英光の演じた「刺傷事件」とのかかわりにおいてだった。事件の主人公の書く「実話」の書き手としてだった。

それは英光が本来もっとも否定しようとしてきたものだったのだ。英光は、中村光夫の『野狐』の批評にふれ、中村が作品を評価してくれたことに感謝しつつも次のように書いている。

「中村氏は私があたかも、岩野泡鳴式一元論的私小説、つまり、生活が文学であり、文学が生活である式の古風な日本自然主義の信奉者であるように書かれていたと記憶しますが、私は、そうしたいわばクソリアリズムのくだらなさを、昔から人一倍きらい、軽蔑してきた積りなのです」（『田中英光全集』11・「文学と真実」）

そうした英光の考えは、すでに『オリンポスの果実』の跋文の中にもうかがわれる。そして、英光ほど、自分の小説について、くりかえし小説とは現実そのままを写したものではないこと、フィクションでありデフォルメであることを断わった作家もないだろう。「文学と真実」と題する当時の『読売ウィクリー』にのせたというその一文の中で、英光は「振返ってみるに、私はこれまでにも、幾度か、自分の小説でモデル問題のためつまづいてきたようです。共産党をやめたのも、それがキッカケでした。私は日本の社会の狭くるしさに、なにか息づまる感じがするのですが、それと同時に、私が、自分の軽蔑してきた文学理論から、逆に傷つけられ通しのような、甚だ奇異な感じもするのです」と、しみじみなげいているのである。

しかし、英光は、その時点であえて、その道を選んだようにも見えた。特に雑誌『人間』創作集に、事件の一切のてんまつを書いた『愛と憎しみの傷に』を発表して、いっそう英光は好奇の対象になった。英光は、文学雑誌にも婦人雑誌にも、そしてカストリ雑誌や実話雑誌にさえこの問題について書きまくっていた。

私の会社では少し前から、大衆むき通俗出版の第二会社をでっちあげてとにかく金もうけ専一の出版をめざしていたが、英光の「事件」がおこると、それまで第一会社の方に保管してあった『地下室から』を、急いで出版することにした。「痴情事件の作家が暴露する共産党の内幕」というわけで、一か月もしないうちに本にしてしまった。

もっとも、英光の作品には、いくらそれが現実そのままを写したものでないと断わろうと、とかく実話小説、内幕暴露小説のようにうけ取られがちな、なにかがあった。さらに言えば、英光は、自分の小説は特定の個人の醜さを描こうとするのではなく、「私を含む人間一般の醜さを「むしろ自分たちの救われざる嘆きのために」描く（『愛と憎しみの傷に』あとがき）と言うのだが、そこに描かれた相手は、傷つけられた思いに怒り出す、というようなところがあった。あながちに相手の文学的無理解だけを責められないものがあった。

たとえば坂口安吾は、「田中の小説は郡山（英光の友人・筆者註）に関する限り活写されてはいる。しかし田中自身が活写されていないからダメである」「彼は彼自身の場合に於ては、その俗のまま書くことを全く忘れている。ただ相手のことだけ書いているのである」「自分だけ傷つけられてると思っているのだから、始末がわるい」（『安吾巷談』—『麻薬・自殺・宗教』）と言っている。そしてまた、島尾敏雄は、いかにも彼らしい言い方で次のように書く。「しかし見のがすことのできないみだれがその小説の中にしのびこんでいることが、どうしても彼の生活した私生活のせんさくの方に私をみちびき、すっかり骨だけになりきれないで、腐肉のくっついている感じを味わうわけだ」（『田中英光全集』月報６）

英光の文学の根ざしている自意過剰、被害者意識、そして卑屈さといったようなもの、つまりは、英光のいわゆる〝デフォルメ〟の方法の問題であり弱さであったとも言えるのだ。

しかしいずれにしろ、英光は、一種の「流行作家」としての道を選んだ結果、はげしい毀誉褒貶のうずの中に立たされることになった。しかもこの「流行」は一時期がすぎれば消え去るであろうことも目にみえていた。従って作品についてではなく、英光の人間そのものに対する批難も強かった。すでに「事件」以前から、英光は、「転向、再転向、再々転向」と「便乗」をくりかえしていること、「戦時中には文学的にも、実生活の上でもだらしのない生活をしていた」くせに、敗戦後入党すると威丈高に実存主義的傾向の作家などをののしり、「やがて雲行きが怪しくなると脱党し、こんどはその間の泣き言を」小説にしていること、しかも「もっとも悪質なことは、脱党しても決定的に」党と対立せず「思想をみとめるとか、なんとか……色目を使っているのである」（荒正人『便乗について』）と、その「卑劣漢」ぶりを真っ向から罵られていたのであった。英光にとって文学は、ふたたびアドルムへの復帰ともなるはずであった。

14

しかし、私は、やはり英光のところへは行こうとしなかった。

私は、友人の世話で、新しくできたばかりの出版社にうつり、そのために忙しいということもあった。それに、その頃から親しくなった月曜書房の永田宣夫が、英光の作品にうちこみそのいくつかを次々に出版する計画をたてていて、必然的に小山書店の高村氏とともに、英光の面倒をみるようになっていたのである。

新しい会社は、財界筋から資金が出たとかいう妙なところの多い会社だったが、景気はよかった。交通費・接待費として入社早々一万円かを前渡ししてくれたり、もちろん、月給の遅配などはあるはずもなく、私は久しぶりにゆったりした気持になっていた。英光のことは、実務的にも誠実さでも、信頼できるこの二人にまかせて、私は、のんびりとあぐらをかき寝そべってでもいるかのような思いをしていた。

こうして英光から遠ざかって一月ほどもしたころ、やはり太宰に親しかった一人である宇留野元一から思いがけず電話があった、英光が四、五日前から椎名町の彼の家に来ているということだった。アドルムはどうだ、いう。ぜひ逢いたがっているから、来てくれないか、ということだった。

と聞くと、温厚な宇留野君は、まあ、それほどのこともないようだ、とおだやかに答えた。用事があるからと、その日はことわり三日後を約束した。とりたてて用事があるわけでもなかったが、英光と逢うのは一日でも先にのばしておきたいような、とっさの気持だったのである。

だが逢えばやはり、なつかしい気持になった。英光も少しはにかんで、やあいらっしゃいと言った。

英光は、幼い娘を連れていた。五つだというが、人見知りしない子どもで、すぐ私にこまっしゃくれたあいさつをする。英光によく似た顔だちで、愛嬌があった。下顎のあごのところに、どうしたのか、かなり目立つ大きな黒紫のあざがあり、英光はそれを不憫にして、子どもたちの中でもとりわけかわいがっているのだった。

この子だけ引き取って花園町で暮していたが、キティ颱風の夜、彼女と喧嘩して、ついにそこから飛びだした話、その夜、娘連れで新宿の特飲店に泊った時、次の日、娘をそこにあずけたまま、金策にまわり、帰ってみると、娘はその店の妓たちにまじって、「アラ、オ父チャン、イラッシャイ」とお客を呼んでいた話、英光は愉快にそれらのことを語って、私たちは大笑いした。

「今度こそ彼女とはっきり別れます。子どもたちのためにも、女房と一緒になる決心をしました。小さな部屋をかりて、女房たちをそこにおいて、この子だけ連れて温泉に行きます。アドルムを治しますよ。生活に気になることさえなくなれば、いいんですよ。二度も入院したんだからね。今度は、自分の意志でやりますよ。入院しなくたって、温泉で大丈夫です。金をつくるから、例の温泉ぜひ頼みます。それを連絡してもらいたくて、来てもらったんだ。一か月ぐらいそこにいて、長篇を書いてきますよ。それで、家を買って落ち着きます」

ところがその夜も、英光は、アドルムをのみ、のめばやはり相かわらずなのであった。

「なんだ、こんなボロ家、ぶちこわしてやる。家があると思って威張るな！」

家にこだわりだすところまで、少しも変ってはいなかった。

「だれも威張ってなんかいやしませんよ。英光さん、落ち着いてよ」

すると英光は、立ち上ってわめきだすのだ。

「何ッ、巡査を呼んでくる？　巡査なんかこわくはないぞ。おれは精神病患者だから、なにをしたって、罪になんかならないんだ」

幼い娘は．英光をふりむきもせず、一人なにか手遊びをしながら、オバチャン、オバチャンと、宇留野君の奥さんにまつわりつくように話かけていた。母親や兄弟たちから突然と別れて、見知らぬところをぐるぐる引きまわされた幼い子どもが、いつか身につけてしまったそのような智恵が、こまっしゃくれて見えるだけあわれに見えた。
四、五日まえ、用事があって、小石川の太宰未亡人のところまで出かけた宇留野君の奥さんが、そこでこの二人にあった。英光は「仕事をしたいから泊めてほしい」などとたのんでおり、見ていられなくなって連れて来たのだという。
今度こそ英光を温泉に送りこもうと、私は思った。宇留野君の住居は、西武線椎名町駅すぐそばの都営住宅の中の一軒で、路より少し低くなった玄関のドアをあけると二畳ほどの板の間、その隣三畳と奥に六畳の二間、いくら夫婦二人きりとはいえ、いつまでも巨大な英光に、しかも子ども連れで泊りこまれては困るわけだった。だいいち、この状態で毎晩英光につき合わされるのでは、宇留野君たちの方がつぶれてしまう。そこにころがって寝込んでしまった英光のそばで、私は宇留野君夫妻と相談した。

いまは、英光の「温泉に行って治す」という決意を信頼するのが一番ではないか。病院では、二度とも失敗した。われわれ友人が、結局、彼を庇護するのも、いつまでも彼を甘えさせる原因になっているのではないか。誰も英光を見知る者のない、しかもアドルムなどは容易に手に入らない環境の中において、いやでも英光が、独立して自分の意志でアドルムを断つようにすること、これしかないのではないかと、思ったのだ。

そして、この温泉行きの計画は、急速に進展することになった。新しい私の会社で話すと、温泉での第一作を必ず渡してもらうことを条件に、原稿料前払いの形ですぐ一万円出してくれることになり、旅費ができたのである。そうなると、英光の中にためらいの色が、かなりはっきり見えてきたのだが、私たちはそれを無視してどんどん計画をすすめていった。私は、出張ということで英光についてゆくことにした。英光は、その幼い娘を連れてゆくのである。少なくとも二、三か月、できれば六か月ぐらいはその温泉に滞在して原稿に集中し、アドルムを完全に断ち、彼女とはっきり別れてしまうこと、その間できるだけ早く家をみつけ、バラバラになっている英光の妻子をまとめ、英光がいつでも帰ってこれるようにしておくこと、こんな話もきめた。

こうして私は、英光親子を宮城県鳴子の田中温泉という友人の旅館まで送り、一晩泊っていろいろ頼み、すぐ帰ってきたが——ところが、英光一家のための貸間なり貸家なりが、簡単には見つからないのだ。よさそうだと思うと子供がいてはと断わられ、また、たとい二間の部屋を借りるにしろ、かなりまとまった金が必要なのに、その金がまたなかなかつくれなかった。

皮肉なことに、あれほど景気のよかった私の会社が、英光が温泉に行くころから、にわかに下向きになりだし、すっかり会計がしぶくなってしまった。英光は、いかにもすぐ金を送れと言わぬばかりの勢いで、五日もしないうちに百枚近くの短篇を送ってよこしたのだが、原稿料引きかえの約束だったのを、旅費を前貸したのだから、もう少し待ってもらえと言うのである。

そのしまつがついていないうちに、もう二つ目の原稿がきた。それも別の社から引きかえに原稿料をもらうという約束だったが、その雑誌社に届けると、依頼したのより二十枚も枚数が多く、しかも原稿料を支払うと約束した期日より早いということで、予定の金額の半分にしかならない。英光は、私の会社の支払い分をあてにしていたので、それは奥さんの方に届けることになっていた。英光に送金する分はないのである。

英光からは毎日のように「カネオクレ」の電報がとどいた。私は、とりあえずの処置として友人宛に、宿泊費は、この際できれば出世払いのようなことにしてほしいこと、英光に当座の小づかいを申し出た通りに立替えておいてほしいことなどを速達し、同時に、英光には、友人に依頼したから遠慮なく金を出してもらっていてくれと、手紙を書いた。ところが、なにをあわててか、私は、この二つの手紙を封筒に入れちがえてしまったのである。つまり、友人のが英光に、英光にあてた分が友人に届いたわけだ。

ついに、英光から激怒した返事がきた。「君には親友であっても、自分には無関係な人間だ。その人に煙草銭もないから貸してくれと言えるか。しかも、手紙が入れちがっていて、こちらの手の内は見られてしまっている。こんな恥辱があるか」そういった詰問にはじまり、約束通り金を送れぬなら、原稿は返却せよ、とあった。私は一言もなく、ただ狼狽する思いだった。

それでも、残りの原稿料を送金するまでは、なお二日ほどかかった。

英光は、その送金を受け取るや否やという感じで、帰ってきてしまった。出かけてからまだ一か月にしかならない。家も見つけてはいないし、カンジンの金もなかった。が、どうしようもなかった。

帰京の電報を見て、私は上野駅に行ったが、英光親子をみつけることはできなかった。私は汽車の降車口に立っていたが、英光たちは常盤線できて国電の改札の方から降りてしまったのである。とちゅうで、そのことに気づき国電にまわり、プラット・ホームまで上ってみたがもう遅かった。

その日のことを、宇留野君は次のように記録している。

「十月十七日午後四時に英光さんが、鳴子温泉から帰ってきた。ちょうど一か月ぶり。家の傍まで車に送られてきたらしく、『群像』の編集者ふたりに両側から身体を支えられべろべろになっている。足をとられたその酔い方から、アドルムだ、と直感する。怒りがカッと私の胸を熱くしたが、今は何を言っても通じまい。すぐまた、ふたりに抱きかかえられるようにして家を出る。神田の錦旅館で『群像』の原稿『君あしたに去りぬ』を完成するため」

（全集月報2）

次の日会社に行くと、近くの旅館にいるからすぐ来てほしいとの伝言が届いていた。

玉石をはめこんだ廊下を通り、どことなく待合風の瀟洒な離れの一室で、英光は、仕事をしていた。英光の不細工な大きな身体が、いかにもその室に似つかわしくなかった。小さな机の原稿用紙のそばに、ゼドリンの空箱が二つころがっていて、さえない顔色をしていた。

昨日、行きちがいになって逢えなかったわびを言い、さらに送金の遅れたこと、手紙を入れちがえた失敗について、改めて謝罪すると、さすがに不機嫌な顔で「あれはひどいよ。あなたがあれほど無神経だとは思っていませんでしたよ」と、その時の困惑を語りだしたが、すぐ気をかえて、温泉でのこと、友人のことに話をうつした。そして昨日は、車中用として鳴子の医師からもらってきた催眠剤ジアールで完全に酩酊状態になり、子ども連れなので同席の人に同情されて、上野駅から講談社までハイヤーで送ってもらい、子どもを宇留野君にあずけて、ここに来たというのだった。

私もようやく余裕ができて「やれ、やれ……」と笑ったりしていたが、英光の話しぶりにはどこか気のないものが感じられた。

そこに『群像』編集部の有木勉君が来て、

「どうしても、いやだと言うんですよ」

と言う。英光は、やや間の悪そうな表情になって、

「いや、どうしても今度こそ彼女と別れようと思うんで、月曜書房の永田君に間に立ってもらうことにしたんだ。それで有木君に彼女を呼びに行ってもらったんですよ」

と言うのである。本来なら、永田君の役は私が引き受けねばならぬはずのものであったが、私はまったくの第三者のように、それを聞くことができた。私は、なんとなくさばさばし、英光の面倒をみなくともいいということで、浮わついてくるような気持さえどこかにあった。薬も、温泉では、ほとんどのまず酒ばかりだったというし、昨日のジアールも車中だけのことだと思うから、少しも気にならなかった。

結局、永田君に彼女を連れてきてもらうように、英光と有木君との話がきまった。それをしおに、用事があるからと、私は立ち上った。

「明日は、仕事も終るし、彼とのこともきまるし、お祝いに一ぱいやりましょう。家はね、『群像』の稿料でさがします。ここの払いをすましても、五万円ほど残るはずですからね」

私は、この英光の言葉を、ほとんど疑ってはいなかった。

ところが、英光は、次の日、簡単に彼女とのよりを戻してしまった。しかも英光には、最初からそうなることを予定していたところさえあるようだ。そのことを、英光が死んで作品で読むまでは、私は、少しも知らないでいた。

「僕は現実に、美しく肥って来た女の顔や姿を眺め、どんなに僕を怨み憎しみ続けて来たかと思えば、女が立去った後も、続けていた仕事の苦しさに、しばしば女の顔を思い浮ぶ恋しさだった。それ故、翌日、仕事が一段落すると、原稿依頼に来た女編集者に、原稿の打合せがあると、女を自動車で呼んできて貰う。
その頃、僕はアドルムの代りに酒を使っていて、女のきた時には、もはや陶然としていて、そこに届いていた二万円ほどの稿料も、黙って女に渡し、居合せたAという若い編集者とともに、三人でビールを飲みながら、僕は脆くも女を口説きはじめる。女は薄笑いで、僕のへタな誘いを承知し、その夜、殆ど二月ぶりで寝所をともにした。僕はこの女の肉体にあまりに満たされた追憶のあるため、その二か月間、たとえ雰囲気を好み、悪所に泊っても、その追憶の傷つくのが哀しく、妓《おんな》たちに肌ふれることができぬ。それ故、この夜、僕の官能は震憾した。女はいつも久しい再会の時、そうするように泣いて、『二度とあなたとこうできると思えなかったわ』と喜ぶ。そして朝、女は自分から脚をのせ、僕を誘いもした」（『聖ヤクザ』）
人間愛欲というものの複雑さ奇怪さに、いまさらに驚くのである。
しかしくりかえすが、私はこうしたことを何も知らないでいた。

それから五日ほどして、通俗医学雑誌の「アドルムと精神病」をテーマにした座談会に出席しているという英光から、電話があった。会社の帰り、お茶の水のその会場に行くと英光はすぐ出てきた。学生服のサージのズボンに、下駄ばきであった。

「やあ、すみません。少しのみましょう」

玄関口のところで、今もらったばかりの封筒をビリビリと破りすて、中をのぞいて「何だ。少ねえな」と言う。

国電の線路にそった暗い坂道を、水道橋の方に歩きながら、英光は——花園町の彼女の家に行ってみると、また若いアメリカ兵がいるので、アドルムをのみカッとなって殴りつけ追い出したこと、池袋で酔っぱらって大暴れし、ヤクザのまねをして地回りらしいのにカランでいたら、子分にしてくれという若者があらわれたことなどを、笑いながら話していた。その話し方は、ユーモラスで、いかにも客観的であった。

「とにかく、じゃんじゃん書きますよ。注文さえあれば何だって書きますよ。彼女にもお金をあげなくちゃいけないし、家は二十万、布団も買わなきゃなりませんからね。新規まきなおしのつもりで頑張りますよ」

三崎町の都電の停留所のそばの、妙に貧寒として電灯だけ明るい、中華そば店で二、三本の酒をのんで別れた。今夜は、まっすぐお帰んなさい、と言うと、大丈夫、大丈夫と少し手をふってカラッと帰っていった。

だがその時、もうアドルムも元にもどっていたのだ。それも後で宇留野君に聞き、英光の作品でわかったことである。さきのところに引続いて「この時の喜びの深さに……」と英光は書いている。「……知人の家でヒロポンを飲み、徹夜で四十枚の仕事をした翌朝、アドルム二十錠のんでも眠れぬまま五千円だけ懐中にし、フラリと新宿に出て」彼女に逢いに行く。ところがこんどは、彼女は固く冷たい。「先夜、和解し純粋な涙をみせてくれた女の優しい愛情が欲しいが、その日の女に、僕を近づけまいとする紙一枚の隔てのあるのをみて、ムヤミに苦しい」(『聖ヤクザ』)アドルムをさらに二十錠のんで、一たんは別れた女の家に帰ると、アメリカ兵がいる。狂暴になって、襖を破り、家具をこわし大暴れする。そして次の日にはまた「原稿と引替えに三万円ほどの稿料を貰い、それをそのまま、女に与えた頃から、女が優しくなり、傷ついた僕の手に繃帯してくれるのを、ホロホロ涙がわくほどの嬉しさで……僕は数日後に再会する約束もしたし、互の眼に幾度も微笑み」あったりもする。だが別れた後には、嫉妬の思いで「胸をつき刺されるように苦し」く、池袋でのヤクザのまねも、そのあげくのことだった。

なにもかも、元にもどってしまっていたのである。

そしてさらに二、三日して、英光は子どもをつれて会社に来た。ひどく陰惨な表情になっ

ていた。喫茶店に誘うと、一言も言わず黙ったままついてきて、

「今晩だけでいいから、君の家に泊めてくれませんか。明日は必ずどこかに行くから……」

突然言う。それまでの経過の一々が少しも私にはわかっていないのである……。お茶の水で私と逢った晩、英光はアドルムを飲んで暴れ、昨夜は、宇留野君の家のガラス窓をこわしてしまったという。英光の幼い娘が、さすがに不安そうに、私を見つめていた。

「宇留野君もきっと怒ってると思うんだ。迷惑をかけてすまないと思っているんです」

「いまさら英光さんが迷惑ってのはおかしいですよ。迷惑って言えば、宇留野君には、最初から迷惑をかけ通しにかけているわけですからね」

私は、ことさらに大笑いしてみせた。

「宇留野君は怒ってなんかいませんよ。椎名町にお帰りなさい。ぼくの家に来たって英光さんたちが寝るところなんかありませんよ」

手前勝手なことを沈鬱に言っている英光に次第に腹が立ってくるのである。鶏小屋のような四畳半に、親子四人で寝ている。そこに英光の巨軀が入ってくるのを思うと、考えただけでもゾッとした。英光はムッとおし黙ったままでいた。私もかたくなに口を開かなかった。

15

英光は、「待つ」ということが出来ない人間であった。英光にとって、時間というものは、こっちからあっちに流れてゆくのではなく、たえず、あっちからこっちに流れてくるのだ。だから、「待つ」ことに耐えきれない。

われわれにも、そんな思いがする時はある。たとえば、汽車に乗ってどこか遠いところに行こうとする時、そして、プラット・ホームでその列車が構内に入ってくるまでのあいだ、そういうとき、時間は、こっちからではなくあっちから、目的地の方から、出発予定のきめられた時刻の方から流れてくるのである。そのあいだ、私たちは、ただその流れに身をまかせて、じっとしているよりほかに手はない。そこでまた、いっそうジリジリするのだ。

英光は、そういう時に「待つ」ということができなかった。

英光を温泉に送っていった時がまったくそうであった。私も宇留野君も、車中ではアドルムもある程度はやむをえまい、それをのませなければ、とても当時上野・鳴子間九時間余にわたる長旅は、もつまいと考えていた。相談の上、三十錠までは認めることにしよう。その程度なら、快活多弁になっていろいろと気をまぎらすこともできるだろう。だが、できれば二十錠程度にしたいということで、英光には、車中では二十錠はあげますから……と言っておいたのだった。そして別に最後の十錠は、内ポケットの奥にかくしておいた。

案の定、英光は上野駅のプラット・ホームでもうじれて、薬をくれとせがみだすのだった。まだ先は長い、列車にのってからと拒否するが、根負けして最初の十錠を渡してしまう。かなり満員だったがうまいぐあいに席がとれた。ところが大宮にも着かぬうちから、またよこせと言う。押し問答をくりかえすが、別にもう十錠残してあるという気持が、迫力を欠かせ、とうとう宇都宮の少し手前でとられる。そして、黒磯あたりですぐまただった。もうあるはずがないではないかと言うと、いきなり前の席から私の方に身体をぶつけてきて、身動き出来ぬようにし、手でバタバタと私の洋服をたたきゃあ、ここにある。ぼくは、ちゃんと知ってたんだ」と、痴呆のように笑うのだった。

私は、興奮して英光の身体をおしかえし、憎悪にみちて、まるで彼女のそういう時のようにいがみ合いをはじめる。少しやりとりを続けていると、英光は、ニヤリと笑って「君がくれないんなら。いいよ。ぼくだって持って来たんだ」と言うなり、ポケットから二十錠とりだし、例のようにパッとほおばると、子どものジュースを取り上げて、一気にのみ下すのだ。

私は、いうならば怒り心頭に発した感じになって、いきなり自分の内ポケットから最後のアドルムを取り出して、汽車の窓から力をこめて投げすてた。

すると、英光もカッと怒りだし「そんな官僚的な（英光は時々、妙にこんな言葉づかいをした）ことするんなら、ぼくはもう帰る！」「帰るなら帰りなさい」「よし、じゃ、温泉なんか、もう行ってやるもんか」「勝手にしなさい。ぼくだって、なにも好きでついて来てるんじゃないんだ」というようなやりとりの末、次の駅で、ほんとうに列車から出ていった。私は、子どもに少し強く言って英光についてゆかせなかった。英光の狂言かもしれないし、やはり子どもは私の責任で保護しなければととっさに考えたからだ。汽車が動きだしても、英光は帰って来ない。やはり降りてしまったのか。降りるんなら降りてもいいやと思っていた。しかし、動き出した汽車に、あの身体で飛乗ろうなどとしなければよいという不安もチラとあった。だがまもなく汽車はスピードをまして事故があったという気配もない……。その頃になって、英光が仏頂面でドアをあけて入ってきた。

「オ父チャンハドッカヘイッチャッタネ。ダメダネ」と私の機嫌をとるように言っていた子どもが、さすがにうれしそうに「オ父チャン、オヨシナサイヨ、メイワクカケチャダメジャナイノ」と大声をあげたので、さっきから私たちの異様な雰囲気に気づいていたまわりの乗客たちも、どっと笑った。英光は、薬がきいてきたせいもあって、それから一たんは睡りこけてしまったが、小牛田という駅で、支線の汽車を待つ間にも、もう一度同じようなことをくりかえした。

待つのなら駅の外に出て一杯のもうといい、頼んだカツ丼がなかなか来ないと言って怒り、アドルムを買えと言い、もうここから東京に帰ると言ってごねる。そのあげく、もっと町の方に行ってのみ直そうと言いはる英光を、そのままに放っておいて、子どもの手をひいて、さっさと駅に来てしまった。何もない駅前の、少し広くなっている道を、やがてあっちから例のバタリバタリと歩いてくる英光の、いらだちにやりきれないような、しかしどことなくもの悲しい表情を今でも思い浮べることが出来る。

もちろん英光が待てなかったのは、旅においてだけではない。いわば、すべてにわたってそうなのだった。そしてそれには、英光の〝思いこみ〟の深さということもあった。

英光には、一たんこうと思い込むと、なかなかそれを変えられなくなるのである。変えないどころか、ますますそれを深め、拡大してゆき、今度は自分のつくり上げたイメージと自分で格闘しているという気配があった。党のことを書いたいくつかの作品の中にもそれはうかがわれる。共産党に、とくに戦後の合法的存在になったばかりの党に、矛盾や弱さがあったのは当然といえるだろう。だが、それを見る英光に、（ただ単に〝デフォルメ〟という方法上の問題だけではなく）かなり、彼だけでつくり上げていた〝思いこみ〟があることは、当時の関係者の座談会（『田中英光全集』５・資料）などからも察せられることである。

それは自分の妻に対してもそうだ。彼はしばしば、作品の中で、妻が処女でなかったこと、しかもそれを頑なに告白しようとしなかったことを書き、「彼女」が自分の醜悪な過去を包まず語ったことにくらべて、妻の虚偽を憎み、その冷たさ頑なさが自分の愛情を失わせたとしている。だが、それも英光の〝思いこみ〟というものだろうと、私は思う。初夜のベッドの状況だけで、そんなことがわかるはずがない。ところが英光は、それだけで処女でないと断定してはばからないのだ。そう思いこまれてしまった妻としては、どんなことを言えばよいのだろう。また少しも英光のしている仕事の苦しさを知ろうとはしなかったこと、子どもたちに対する英光の愛情をカセにつかいさえすれば、自分に対する愛情を取り戻せると信じている愚かさについても書いているのだが、私が何度か逢っての感じでは、英光の妻は、ただの善良であたりまえの奥さんでしかなかった。

妻に対してだけではない。彼女の方に対しても英光の〝思いこみ〟は強くある。彼女はたしかに一面では（たいへんな女）である面もあったが、英光の〝思いこみ〟がいかにも彼好みの、〝理想的な〟悪女に仕上げてしまった感がある。とくに「事件」以後いかにも彼女は英光をあやつっているように英光の作品からは読めるのだが、むしろ彼女こそ英光から逃れたく困惑しきっていたのではなかったか。

だが英光は、自分の〝思いこみ〟を少しも誤っているなどとは考えていなかった。「六尺二十貫」の全身全力をあげて、〝思いこみ〟にしがみつき、それにすべてを賭けようとするのであった。その対称は、ある時には「党」でありまた「女」であり、あるいは「家、家、家」なのであった。

イメージを際限もなく拡大してゆけば、必ずそれは現実に衝突して破れるか、またそれ自体内部からハジケ飛ぶことになるかする。だからわれわれは途中で手びかえるし、万一の場合を予想してその時うける精神的打撃を、あらかじめ消そうと試みておくのである。だが、英光はそれをしなかった。常に全身全力で思いこんでゆくのであった。だから、英光の失望はつねに深くなるのだった。

そこでまた英光は、別の〝思いこみ〟の中にのめりこみ、今度はそれに改めて賭けざるをえなくなる。しかも英光自身、矛盾のかたまりのように、彼の中にはいろいろのものがごちゃごちゃにつめこまれていた。さらに、一つの〝思いこみ〟から他にゆれてゆくことのはげしさのために、本来そうでなかったはずのものまでふくめ、すべてが対立物になるというところがあった。たとえば、英光にとっての精神と肉体、そして党と文学、党と酒・女・アドルム、さらには「女」と「家庭」………等々。

あれほど酒好きで大喰いだった彼が、戦後入党して沼津地区の責任者になると一滴の酒も飲まず南瓜ばかり食って党活動に専心したというのも、すでに極端だが、一たん飲みはじめると（東京に稿料をとりに行った帰り、夕方の新橋のヤミ市で、活動が思うように行かない等のことからふっと「俺は孤独だ、コップ酒一杯だけ」などと飲みはじめるわけだが）立続けに焼酎三杯、八重洲口でコップ酒五杯あふって最終熱海行にやっとまにあい、熱海で夜明けまでに酒とウィスキーを「ちゃんぽんにガブ飲み」し、朝一番で沼津におりて駅前屋台でまた飲みまくったという話が、『凪はいつも吹いている』という作品の冒頭に出てくるが、これはおそらく事実であろう。

普通人なら完全に死ぬはずの六十錠のアドルムに耐えられるというのも、「六尺二十貫」の巨体があるからだったが、一つのことをはじめると極限状況まで突走り、一つの極限から他の極限まではげしくゆれるというのも、いずれも「六尺二十貫」の英光でなくては不可能なことだった。

しかし、そのいずれの場でも、英光の賭けたイメージが次々とこわれてゆくとすれば、さすがに彼としても、疲労困憊せざるをえない。

おそらく英光が、最後にかけたものは、やはり「家」であり「温泉」であったろう。そしていずれもうまくゆかなかった。一つには英光の性急さのためであり、また一つには、過大な期待のためであった。

16

十一月二日の夜、英光から電報がきた。「アスウルノノイエニコイ」というのである。「コイ」とはまた無礼な電報だな、などと妻に言った記憶がある。ちょうど、その「アス」には友人の結婚祝いが予定されていた。それを言いたてて、煩わしいことにならぬうちに帰ろうと考えていた。

そして三日の午後、宇留野君の家に行くと、英光はいない。一昨日から出たきり帰らないが、それでは今日は帰るのかなと、宇留野君は言うのであった。そこへ顔みしりの、ある出版社の婦人編集者が来た。彼女も今日ここで待つように言われたと言う。

子どもがいないので、聞くと、英光の奥さんが連れ帰ったということだった。私の会社にあらわれ、君の家にとめてくれと言った次の日、宇留野君の家に、突然奥さんと英光の母親が来た。〈彼女と別れるのかどうか、はっきりしてほしい。もし別れないのなら、子どもは、可哀想だから連れてゆく〉英光は、しばらく沈痛に考えていたが〈彼女と別れられない〉と答えた。子どもは、はしゃぎながら、久しぶりに母親とともに帰っていったという。

それから、むしろ英光の母親の意見で、宇留野君と三人で、彼女の家に行った。〈そんなに思いつめているのなら、再び、彼女と同棲することを頼もう〉というのだった。いつまでも英光をハナタレ小僧あつかいし、頭ごなしに叱りつけ、太宰に『オリンポスの果実』序文の中で「こわいお母さん」と書かせた気の強いこの老母も、やはり英光がかわいいのだった。

当分彼女の家には足をふみ入れぬと約束したからと英光は律義に言い、宇留野君が彼女の意向を聞きに行き、呼んでくることになった。そして遅れてくる彼女を待つ間、英光は、すすめられても酒に手をつけようとはしなかった。アドルムものんでいなかった。

結局、彼女は、一緒に住むことを承知しなかった……。だが、その夜、英光と宿屋に泊ることは、承諾した。宇留野君は、その宿屋まで送って行って別れたと言う。

しかし、日が暮れても、英光は帰ってこなかった。友人の結婚祝いに集まる時間にも少し遅れていった。

「またアドルムでからまれちゃかなわないから、今のうちに逃げるよ」

そんなことを言って、宇留野君の家を出た。婦人編集者も一緒に帰ることになった。

ちょうどその頃、英光は、三鷹の太宰の墓の前で、自殺していたのである。

17

私は、英光の作品の中で何を読んでいたのだろう。今度、久しぶりで彼の作品を読み直すまで、私は、こうもはっきりその自殺について書いていようとは、全く記憶していなかった。「書く」ことと、「実行する」こととの間には無限の深淵が横たわっているとしてもこう書いているのだ。

「さて、私たちの間に破局的な出来事が続いたその朝、私は哀《かな》しい習慣になった女との、味のない抱擁を済ませ、ふっと私の本心は、三鷹の禅林寺、津島さん（太宰の本名・筆者註）のお墓の上に置き忘れてあるように思う。

強力催眠剤を五十錠も飲み、そのお墓まで辿りついて、左手の動脈を軽便剃刃で切ること。それが私を置き去りにした津島さんや、ひどい目にあわせた女への復讐になると思うと、自分の文学や人生の敗北もかまわず、ヤモタテもなく、それを実行したくなる」

この作品『離魂』は、昭和二十四年八月号の雑誌『新小説』に掲載されたものだが、例の「事件」の以前に書かれたと推定される。また、宇留野君の記録によると、九月七日から九日の間に書かれたという雑誌『個性』（昭二十四年十一月号）の『さようなら』には、自殺した学生時代の思い出として（これはフィクションのようだが）次のように書いているのだ。

「池田はいちばん苦痛のない死に方を選び、大量の催眠剤を飲んだ上、金盥に温湯を入れ、そこに動脈を切ったものらしい。全身の血がしぼりだされたように、血は金盥を越え畳一面にしみていた。その代り白蠟のように血の気のない彼の死に顔は放心した如くのどかにみえた」

　さらにまた『婦人画報』（昭二十四年十二月号）に発表された『私は愛に追いつめられた』という文章には、こんなことも書いている。

「そんな時、ぼくは十五年ほど師友として敬愛してきた太宰さんが、やはり愛人と玉川上水に投身した事件に出あい、一大衝撃を受けたのである。ぼくは太宰さんの奥様やお子たちに対するやり切ない愛情を知っていた積りだった。太宰さんは御自身の才能の花咲ききったのを実感し、流行作家としての名声も一世に高く、全集も出版され、死後、御家族もまず安全という見透しができたので自殺されたのだとぼくには信じられる」

　英光や私など、いうならば太宰の〝不徳の弟子〟たちは、「太宰さんも死んでよかったなあ」などと、いささか趣味の悪いことを言うことがあった。太宰がもし、あのようなショッキングな死に方を選ばなかったら、その作品があれほど爆発的な売れ行きにならなかったかもしれない。多少は売れたとしても、太宰は右から左に浪費してしまったにちがいない。それが太宰が自殺したために、本は売れ、印税は家族の生活をゆったりと安定させている。そんな悪い冗談だった。

英光は、自殺した時、そのころ出版されたばかりの赤い表紙の新潮社版『太宰治集』というのを持っていた。その扉から裏表紙にかけて、例の丸っこいチマチマとした字で書いた遺書の中には、豊島与志雄、花田清輝、河上徹太郎、三氏の名をあげ「できれば選集を編んで下さい」と書いてあった。別のところに「チクマの古田晁氏」の名もあげてあったように思うが、筑摩書房からそれを出してもらうことを、英光は、ひそかに熱望していたのだった。

子供たちにあてて「ぼくは一日も早く、君たちにサヨウナラをしたい。今となっては、それだけが僅かに君たちを幸福にすることができる唯一の手段かと思われるのです」(『子どもたち』――『新小説』昭二十五・一月号)とも最後の作品に書いているのだが、そこには、太宰の時と同様のことになる期待はなかったか。「僅かに君たちを幸福にする唯一の手段」というところに、英光の無量の思いを読みとりたくなるのである。英光のような「父親」がいなくなり、そしてそのことで全集なり選集なりが売れれば、たしかに家族の「幸福」はかえって保証されることになろう。

そこに、英光のギリギリ最後のイメージがあったともいえる。そして蛇足的につけ加えるなら、それにも英光は破れた。いわゆるドッジ・ラインのしめつけで、わずか一年の間に出販界はひどい不況になっていた。英光の選集は生前からの友誼で月曜書房の永田君がひきうけ、ようやく三巻を編集したが、売れ行きは思わしいものではなかった。

それにしても、いま全集の中にある英光の笑い顔は、なんと若く、明るいのだろう。一枚は昭和二十四年九月某日とあり酒場の丸椅子に横ずわりになっているもの、もう一枚は、背景の黒板に「不語不莫愁似（ママ）とか。昭和二四年十月四日、田中英光」と自分の字で書いて大きく股をひろげ、テーブルを前にして正面向きのもの。英光は、アドルムの真只中にいたはずであったが、この写真の笑い顔は、無垢で純情である。見ているうちに、あの頃私が感じていた、不潔な薄汚れていたようなもの、アドルムと女と酒のすさみは、錯覚ではなかったか、とさえ思われてくるのである。

18

その日、英光は、宇留野君の家に向った私といれちがいに、吉祥寺から三鷹にあらわれた。まず吉祥寺の亀井勝一郎氏の家をたずねた。しかし、亀井氏はいなかった。それから太宰とよく飲みに行った井の頭通りのところの飲み屋『コスモス』のおばさんをたずねた。ここも留守だった。三鷹まで来て、太宰とともに三津浜まで英光をたずねたこともある新潮社の野平健一君のところにまわったが、やはり逢うことができなかった。次から次に、みんな留守だった。

それから、私の家にまわって来たのが午後の二時半ごろだったという。自分で呼び出した電報を見せられて、

「そういえば、昨日、電報打ったっけな」

とぼんやり、ひとりごとのように言って、そのまま部屋の中にあがりこみ、ぐったりと坐りこんだ。太宰の墓参りをして飲むんだ、と妻にビールを買ってくるように頼んだが、あいにくビールがきれていて、英光の言うまま今度は焼酎四合瓶一本を買ってきた。そして墓参りは夕方にしようと、それを飲みだし、日の暮れるのは何時頃かと何度も聞いた。

わりに快活にいろいろのことをしゃべっていたが、そのうち、ポケットからアドルムを何箱となく出し、おまけにレザーの歯にブリキの柄をつけた軽便剃刃まで見せたりする。さすがに非常に不安になって、妻が、必死の思いでそれを下さいというと、案外素直に英光は剃刃を渡して、笑いながら言った。

「なあんだ奥さんも臆病だね。そんなに心配しなくたって大丈夫ですよ。でも、アドルムなんぞ、どこでも売っているから、買おうと思えば、すぐ買えるから取り上げたってムダですよ。だから、おいて行きませんけど。のんだりなんかしませんよ。大丈夫。苦労性だなあ」

それから、「太宰さんには水だ、帰りにまた寄ります」と焼酎の瓶に水を詰めさせ、家を出ていった。それが四時半頃である。太宰の墓のある禅林寺は、私の家の前の道路を真直ぐ南に下ったところにある。夕方のその道をただ一人歩いてゆく英光の後姿には、そのまま自殺するようなところは少しも感じられなかった、言葉のように、帰りにまた寄るのだとばかり思っていたと、妻は言う。

英光は、太宰の墓の前でアドルムをのみ、さらに剃刃で手首を切って昏睡していた。妻に渡したものの外に、もう一本剃刃をもっていたのである。アドルムは、残っていた容器の数などから勘定すると、約三百錠ほどになるはずだった。ふだんの薬量からいって、何錠のめば致死量になるか、自分でも自信がなかったのだろうと思われる。

帰ってきていた野平君が、しらせをきいて禅林寺にかけつけた時には、もう手首の傷の血は止まっていた。まだ意識があって、「ころせ」と聞えるふうのことを言ったが、舌がもつれていて、それは「ゆるせ」と言うつもりではなかったかと、野平君は言う。病院まで五、六町の間、リヤカーにのせたが、英光はもがきあばれ、大きな身体はともすればリヤカーから落ちそうになる。しかたなく、腕を車体にしばりつけ、後から野平君が両脚をかかえた。

病院は、近くの三鷹の精神病院であった。病室には、急のことで、電灯もついていなかった。しかし、医師は、処置が早いからと、かなり楽天的であった。それを聞いて、野平君は、近所にすむ同じ社のKさんという女の人に後をたのみ、英光の兄の家などに連絡に出た。

英光の様子がおかしくなったのは、それから間もなくである……。

夜おそく、友人の結婚祝いから帰ってきて、私はそれを聞いた。亀井氏には、私から連絡してほしいという野平君からの伝言で、それから私は、深夜の玉川上水のそばの道を小走りに走った。ぬか雨がふっていた。私の中の酔いが、頭の中の一定の場所に凝縮し、小さく、固くしこってゆくようであった。

次の朝、病院に来たのは、英光の兄英恭氏、亀井氏のほか、四、五人だった。太宰の時とちがって、新聞社からもほとんど来ていなかった。

渡り廊下のとっつきの、陽のささない薄暗い病室に、英光は、いつものくたびれた茶のホームスパンで、ごろんところがされたままだった。口から涎が一すじ流れていた。誰かが、口をぬぐい、腕をくませ、顔にハンケチをかけてやった。思ったより安らかな、そして健康そうな顔であった。

新潮社版『太宰治集』の遺書の中には「中野重治、間宮さん、とうとう再生できなかったぼくをお笑い下さい、太宰先生の墓に埋めて下さい」とあった。間宮さんとは、もちろん間宮茂輔氏のことである。英光の会社員時代の上役と間宮氏が親しかったせいもあって、戦争中からもよく知っている仲であった。しかし、それらは、単なる個人の名をこえて、「党」と「文学」に対する英光の最後の甘えのようなものでもあった。

葬式は、大田区の英恭氏の家で行われた。朝から、雨がしょぼつく日であった。世話役のような人もとりたてておらず、なんとなく落着かないうちに、式はいつか、はじまった。

葬儀は神式だった。庭に面して、廊下に白木の机がおかれ、その前に進んで、玉串をささげて、庭に立ったまま礼をするのである。

そのような形式の葬儀にはたいていの人が慣れていないので、何となく手持ぶさたで、白々しく、そっけないような感じがあった。傘のあつかいにも困った。葬儀のためには狭すぎる庭は、その傘のためにいよいよ手狭になり、ごったがえしていつまでも落ち着かなかった。

控室には、門のそばの離れがあてられていたが、そこには入らず、傘を手にしたまま、お辞儀をして、すっと帰ってゆく人たちも多かった。

祭壇の一ばん上に、白木の骨箱が二つ並べて、写真がかざられていた。英光の骨は、多すぎて一つの骨壺だけでは入れきれないのであった。

そのころ

小山　清とのこと

小山清君の結婚式のときの写真が一枚、手もとに残っている。

小山清といっても、今では知らない人も多いかもしれない。太宰治に師事し、『わが師への書』『離合』『朴歯の下駄』『桜林』『前途なほ』など、数多くのすぐれた短篇をあらわし、筑摩書房版太宰治全集の編集にも当った作家である。昭和三十一年とつぜん脳血栓にたおれ、困窮のうちに一男一女を残して夫人に先立たれて後、四十年急性心不全のため死去した。五十四歳。

写真の中央に小山君夫妻が坐っている。新郎の小山君は、かしこまっているというふうでもないが、さすがに握りこぶしを両膝の上にそろえて、新調らしい背広の改った姿である。新婦の房子さんは、裾模様の紋服で、白い髪かざりをつけ、無心に正面を見つめているが、どこかさびしさをひめているように感じられるのは、後の不幸な死があるための思いすごしであろう。二人の両隣りには、媒酌の亀井勝一郎氏夫妻、その外側、向って左側には井伏鱒二氏夫妻が、右側には故太宰夫人の津島美知子さんが坐っている。亀井さんも井伏さんも、きちんと袴をつけている。そして後列には、左から順に阿川弘之、私、古川太郎氏と並んでいる。みんな、若い。

小山君の結婚式があったのは、昭和二十七年五月一日である。いうまでもなくメーデー事件の日であった。

私は、その日阿川弘之とうちあわせて、昼近くにメーデー会場をはなれ、銀座まで小山君への祝いの品を買いに出かけた。鉄製の大きな中華鍋であった。仰仰しくなく実質的で、値段は高くないが、しかし安っぽくないものということで前からきめていたのである。

その鍋をかかえてバスにのり、日比谷公園のところまでくると、多勢のデモの人たちが駈けてゆき、また警官隊が立ち並び、MPがいて、なにかしらただならぬ気配であった。

しかし、バスはそのまま通過し、阿川も私も、それがあの血のメーデー事件の発端であるなどとは、思ってもみなかった。

結婚式の参会者は、写真の十人だけであった。会場は、井の頭御殿山の亀井家の玄関を入って、すぐ左側の表座敷である。お琴の先生の古川太郎氏が、琴をひき、詩を吟じた。古川氏は太宰の作品『盲人独笑』を通じて太宰と親交を結ぶようになった人だが、古い中国の詩を独特の調子で口語にうつした井伏さんの訳詩——太宰も好きだったものだが——に、自分で作曲したものを吟じたのである。朗々とした声音と、はげしい琴の音が、胸にしみとおるようであった。

コノサカズキヲ受ケテクレ
ドウゾナミナミツガシテオクレ
ハナニアラシノタトエモアルゾ
『サヨナラ』ダケが人生ダ

1

あのころは、誰の原稿用紙も決して上等なものではなかったが、小山君のそれは特に粗末なように思われた。その四百字詰めのものを、わざわざ半分に小刀で切って使っていた。字もうまいというのではなかったが、一画一画力をこめて書き、原稿用紙のマス目を一つ一つ丁寧にうずめていっているという感じで、原稿用紙の粗末さも、この字のために、かえって質朴という感じにかえられているような、そんな独特の風格があった。

私は、小山君に逢うまえから、その原稿を通じて知っていた。

小山君が、三鷹の太宰をはじめておとずれたのは、昭和十五年の秋である。ちょうどその頃から、大学生であった私もしばしば、太宰のもとへかようようになったのだが、かけちがって、小山君とは一ぺんも逢ったことはなかった。そして、太宰からも、小山君の存在について、聞くことはなかった。

私は兵隊にとられて南方に行き、戦後復員して、故郷の仙台の河北新報社に入社したが――久しぶりに上京したおり、太宰から、同社で出していた雑誌『東北文学』へ、小山君の原稿を持って行くことを依託された。それが小山君について知った最初である。その作品は、小説『離合』であった。

新聞配達をしている「私」と、非合法運動でとらえられたことがあり、今はささやかな古本屋などをして暮しをたてている「彼女」との、あわい感情のもつれあいを描いた作品だが、私は、「しっかり書き込んであるけれど、面白味のない作品だな」という程度の感想しか持たなかった。

小山君の書いたものによれば、これは、太宰にすすめられて、滝井孝作氏の作品に「倣って書いた」ものだという。そして、滝井氏の作品について「鮮明で握力が強く、したたかで而もなんとも言えないうぶな感じのするのが、滝井さんの作品の特色である」と書いている。今読めば、握力の強さ、したたかさに、小山君のそれと滝井氏のとに、おのずからなる質の違いはあるにしても、「鮮明で而もなんとも言えないうぶな感じ」は、そのまま、この『離合』の特色でもあった。しかし、当時は、それがよくわからなかった。

それからも何回か、太宰にたのまれて、田中英光などの作品とともに、小山君の原稿を『東北文学』に運んだ。『その人』というのもその一つではなかったか。

「私」が囚人として刑務所にいたとき、「不甲斐ない私」にさりげない形で心をむけてくれた一人の看守にあてての心情を描いた作品であった。今になってみれば、これもまた作家小山清の出発に当っての、重要な意味をもつすぐれた作品だが、やはり、私は動かされなかった。『離合』の中には「勤先の金を私し、刑務所に入った」とあったが、小山君とは、そのような経歴の持ち主かと、漠然と思っただけだった。別に、ことさらの感情を持ったわけではない。要するに小山君については、まだ無関心に近かったのである。

それでも、何回か上京するうちに、小山君は、下町で戦災にあい太宰の家に同居していたこと、そこでまた、ちょうどたずねてきていた田中英光などとともに空襲にあい、太宰が甲府、さらに津軽に疎開してからは、三鷹の家の留守番として暮していたこと、太宰の上京とともに、北海道の夕張へ行って、炭坑夫となっていることなどを、知るようになった。

小山君とはじめて逢ったのは、太宰が自殺しての時のことである。

私は、玉川上水から太宰の屍体が発見された六月十九日の夕方、東京に着いて、そのまま三鷹の太宰家に泊りこんでいた。小山君が、北海道から上京してきたのは、翌二十日であった。木綿の兵隊服に、手拭いをたたんで腰にはさんでいた。その原稿のように、質朴そのままの人に思われた。小山君は目をシバシバさせて、口ごもりながら太宰の奥さんにあいさつし、顔みしりの人たちがまわりから声をかけるのに対し、全くぎこちなくあいさつを返していた。

私の知る限りでは、小山君のように、野暮にさえ見える実直なタイプの人は、太宰の周囲には他にいなかった。

もちろん、その夜から小山君も泊った。口数の少ない人というのは、どうかすると、他人に気づまりな感じをあたえがちのものであるが、小山君は、初対面の印象で考えたほどではなかった。通夜に特有の一種の賑かな気分の中で、若い編集者などとともに、私は、太宰の思い出などを語り、大きな声で笑ったりしていたが、小山君も、自分から積極的に何を語りだすというのではないものの、その話し合いの中にくわわり、結構よく笑っていた。

そうした間に、私は、小山君のもう一つの作品『メフィスト』を読んだ。『東北文学』の方で、生前の太宰からその作品について聞かされていて、この際ぜひ『太宰追悼号』に掲載したいから、必ずもらってきてくれと、念をおしてたのまれていたのだった。

太宰が疎開したあと、三鷹で留守番をしている「私」が、芸もなく訪問客に不在をつげるという単調な仕事にやりきれぬ気持になり、「太宰先生」になりすまして、女性の訪問客と相対するのである。太宰そっくりの調子で談論風発して大いにいい気持になるが、単なる愛読者かと思っていたその女性が、実は雑誌編集者で「今日のお話を訪問記事にいたしまして」来月号にのせるといわれて、「私」はあわてふためくことになる。話がすすむ中で、いろいろの作家に寸評を加えるあたり、いかにも太宰が言いそうな、気の利いたものになっているなど、前二作の、「地味でなんの変哲もない」ものとは全くちがった、しゃれた作品であった。

はじめて会った小山君の風貌が、いっこうにさえないものであるだけに、それが、際立って感じられた。

2

そのとき若い編集者と太宰の家に寝泊りしたことが一つの機縁となって、私は、八雲書店から刊行されていた『太宰全集』編集の仕事を依嘱され、昭和二十三年の七月、仙台から上京した。

小山君もまた、その年の十一月、北海道の生活にケリをつけて、上京してきた。小山君の書いたものによると、かれが再び上京して、まず住んだのは、板橋区の成増である。しかし、そのころの小山君については、私はなにも思い出せない。

私は、太宰のもう一人の〝弟子〟であった田中英光とのつきあいに、毎月ふりまわされていた。英光は、太宰の死後、睡眠剤と酒におぼれて、同棲していた愛人を刺すような「事件」をおこし、結局、太宰の墓の前で自殺してしまった作家だ。かれは、もともとオリンピック代表のボート選手だったこともあり、自分でも、「六尺二十貫」と称する巨軀であったが、普通人なら二十錠が致死量というその睡眠剤を、毎日毎日六十錠ずつのみ、文字通り泥のように酔いしれては、暴れていた。しかも、その中で、ものにつかれたように、次から次に作品を書きまくっていた。

その多くは、当時の〝カストリ雑誌〟に発表され、一言で割り切るならば、デカダンなエロ・グロ小説にはちがいなかったが、その底には、意外なほどの、清純さへのあこがれや、気の弱い人なつこさ、といったものがこめられていた。また、いかにも奇想天外な空想をはばたかせた稚気にみちたロマンもあり、いずれにしろ、この才能を、このままつぶすわけにはゆかない、とそういう思いにかられていた。

しかし、酔いつぶれてぐにゃぐにゃになった英光の世話をするのは、そこにいたるまでの英光との応対――たとえば、喫茶店でとつぜん眼をすえて、ウェイトレスにからみ、暴れだすなど――があるだけに、全く骨身にこたえた。だが、薬が切れたときの英光は、なんともいえず、たよりなげでさびしく、舌打ちするような思いで、どうしようもなく、つきあわざるをえなかったのである。

しかし、小山君は、英光に対していささか含むものをもっていたようだった。

英光はかつて、太宰について書いた小説の中に「むかし藤村の書生をしていたとかいう小川君という老文学書生」と小山君のことを書いたことがある。小山君は、これについてかなりこだわっていた。

「私はむかし島崎先生に大変お世話になったことがあるが、書生をしていたというわけではない。私はあれを読んで、田中君も、もう少し書きようがありそうなものだという気がした」と小山君は書いているが、口に出して、不満そうに言うのも、何度か聞いた。（島崎藤村との関係については、小山君の晩年、その最も身近にあって世話をした辻淳さんから聞いて、かなり深い事情がわかったが、ここでは、あえて書かない）

とにかく、私は、小山君が英光に対してかなりの対抗意識のようなものを持っているのが意外だった。

田中英光は、すでに戦争中、その『オリンポスの果実』で池谷信三郎賞を受賞し、明らかに一本立ちの作家であった。一方、小山君は、私が仙台に運んだもののほか、まだ目ぼしい作品はない。小山君は、そこにおのずからあらわれている「分」といったものを、謙虚にうけいれるような人だとばかり思っていたので、これは少しばかり意外だったのである。

だが――、そう思うほうが、小山君にとっては「意外」だったかもしれない。小山君が太宰にその作品を読んでもらい「原稿を、さまざま興味深く拝読いたしました。生活を荒さず、静かに御勉強をおつづけ下さい。いますぐ大傑作を書こうと思わず、気永に周囲を愛して（ママ）御生活下さい。それだけが、いまの君に対しての、私の精一杯のお願いであります」という激励のはがきをもらったのは、まだ太宰のところにかよいだしたばかりの昭和十五年のことであった。

つづいてその翌年には「こんどのは前作にくらべて、その出来栄は、たいへんよいと思います。ところどころに於て感心し、涙ぐんだ箇所も一箇所ありました。御自重ねがいます。次作の百枚を期待しています。私は、君に対しては、たいへん欲が深く、なかなか満足しないつもりです。かならず傑作が出来る」とまで言われている。

おそらく、太宰から、これほどの称讃をうけた〝弟子〟はないであろう。「私などはこの頃、太宰に「先日は失礼。明日お遊びにおいでの由。午後五時からでしたら、一緒に遊ぶことが出来る筈です。小生このごろ毎日、書下し長編に追われ遊ぶ事を忘れて居りました」などというハガキをもらって、有頂天になっているだけであった。

太宰の書簡集をみると、これらの小山君の作品を、『文学界』や『新潮』などという雑誌に紹介するために、いろいろと奔走していることがよくわかる。

しかし、その努力は、ついにみのらなかった。

「こんどの作品も、いいものでした。ジャーナリズムは、どたばたいそがしい中で君の作品を静かに観賞できないのは無理もないと思いますが、残念なことです。けれども、必ずいつかは、正当に評価されると思います。いまのままで御勉強をつづけて下さい。次作も期待しています。まあ、君も、太宰という読者をはっきりと得たのですから、それだけでも、ちいさい成功の一つと信じて下さい」（昭和十七年八月九日付）

小山君の作品の紹介は、戦後もなかなかうまくゆかなかった。それがようやく日の目をみたのは、例の『離合』で、さきにものべたように発表場所も中央を離れた地方雑誌においでであった。

人には、運・不運というものがあるが、それだけに、かえって小山君は、ひそかに自ら恃むところも強かったにちがいない。八雲書店版の太宰全集月報に、小山君はこんなことを書いた。「それから、新しい作家に書かせたいと思っているが、誰かいい人はいないかという記者の質問に対しては、田中英光君の名を言われ、田中君の住所を知らせておられました。傍にいて私は不服な気がしました。太宰さんが、もう一人を失念しているように、私には思われたものですから。まだ一作も発表していないにしろ、眼の前に誰やら坐っているではないか、太宰さんとしたことが、迂闊きわまると思わないわけにはゆきませんでした」

ユーモラスな調子で書いているが、ここには、小山君の本音があった。

そして、小山君は、ちょっと見には年よりはずいぶん若くみえるところがあり、英光の方が文壇経歴からいっても、年上のように思われていたが、実際には明治四十四年生れで、大正二年の英光よりも二歳の年長であった。ちなみにいえば太宰は小山君よりもさらに二歳しか年上ではなかった。

この小山君に対して、太宰は、「田中と信じあってゆけ」と言ったとある。甲府で戦災にあった太宰が、故郷の津軽に再疎開する前、三鷹の家で、田中英光、亀井勝一郎氏とともに別れの小宴をはったときのことであった。

「太宰さんは私に向って、『おれは小山には言うことがあるんだ』と言った。私が『わかっていますよ、わかっていますよ』と言ったら、『これから、田中と信じあってゆけ』と言った。田中君はああいう豪傑だから忘れてしまったかもしれない」（『風貌』）
小山君がこのとき、なにを予期して「わかっていますよ、わかっていますよ」と言ったのかはわからない。しかし、私には、このときの小山君の、やや手を前にしてなにかを防ぐようにしただろう身ぶりのことや、その表情や声音まで、思い浮べることができるような気がする。
英光が心ない文章を書いたことは、太宰からお互いに負わされた「絶対の信頼」を裏切ることであった。そして、それをおそらく英光は何も意識していなかったのであろうと思われるだけに、小山君のいたみはいっそう深かったろうと思われる。
また、小山君としては、三鷹の太宰の家からどんな思いを抱いて、北海道に都落ちして行ったか、そのことを、思い出さないわけにゆかなかったかもしれない。小山君の作品は、太宰の支持はあるにしても、世間的評価は定まらず、発表の見通しは皆目立たなかったのである。それがようやく発表されることになったときは、北海道でこんな状態だった。「五月からずっと仕事に出ず休んでいた。心蔵が悪いので、労働に堪えられなかった。（中略）病院通いはしていたが、いつになれば働ける軀になれるというものではなかった。私はいつか麻雀賭博に耽けるようになった。病みつきになってしまって、毎日町の麻雀屋に入り浸った。私は配給になった衣服などを売ったり、借金をしたり、無理算段をして続けた。私は元手の金が欲しくて夢中になっていたのである。初めて採用になった原稿であり、また初めて得た稿料であったが、私はそれほど嬉しくはなかった。私にはそれを嬉しく思う心の余裕がなかった。太宰さんにもまたその雑誌の編集者にも、お礼は言わずじまいであった。送ってもらった稿料は焼石に水のようにすぐ消えてしまった」(『風貌』)

こうしたことも、そっくり思い出されてきたのであったかもしれない。

田中英光は、昭和二十四年十一月三日、自殺した。朝鮮戦争を翌年にひかえて、下山、三鷹、松川事件が、ひきおこされた年である。

3

私は、三鷹の駅近くに住んでいたが、小山君も、成増から吉祥寺の牛乳屋の二階に引越してきて、やがてひんぱんにゆききするようになった。

その牛乳屋は、吉祥寺の駅から武蔵関にぬけるバス通りと、東京女子大前からの通りが直角に交わる角から、やや北によったところにあった。

牛乳屋の、いつも水にぬれているコンクリート土間の上には、大きな冷蔵庫と、二、三冊のノート類がのっているだけの机があるだけで、ひどくガランとした感じだったが、左横の階段をあがって、とっつきの部屋を、小山君は、借りていた。この部屋も何にもなかった。壁に衣類がかかっているというでもなく、机らしいものもなかった。

この部屋には、牛乳配達の青年が泊っているのだが、そこに同居するということで、安く借りられたということであった。青年は、昼は大学に行くし、夜は明朝の配達のため早寝するので、一人でいるのとあまり変りはないと、小山君は言っていた。事実、何度かそこをたずねたが、いつ行ってもその青年とは顔を合わせたことはなかった。だがそれにしても、小山君の神経もなかなかのものだった。

とはいえ、私の方も、相当なものでないことはなかった。二万円の権利金をはらってやっとのことで借りた四畳半は、三鷹駅西寄りの大踏切りの通りを南に約五、六十メートル下って、三鷹警察署の真前にあったが――納屋の上にちょんとのっけたという感じの、家というよりは小屋であった。地上から上まで通っている柱は一本しかなく、それに横桁をうちつけたという構造になっているので、少し身動きしでも部屋全体が揺れた。雨がふると、屋根の板の合わせ目から一列に雨がもってきたし、下の納屋で風呂をたくと、煙が畳のすきまから、のぼってきた。そこに、故郷から妻と一歳になったばかりの長女を迎え入れたのだったが、すぐに年子の次女が生まれた。その上、よんどころない事情である友人を居候におかねばならなかったのである。

　とにかく紙に印刷されたものであれば売れるといわれた戦後出版の景気の好い時期は、もう終っていた。八雲書店は、太宰全集の刊行を完了しないままに倒産し、友人の世話で移った他の出版社も、田中英光が自殺する頃は、すでに行詰り状態になっていた。そんななかで、小山君とのつきあいがはじまったのである。小山君は、いつも下駄を引きずらせ、吉祥寺から三鷹まで、歩いてやってきた。私も半失業状態で、たいていひまであった。

　三鷹から玉川上水にそって、万助橋から井の頭公園をぬけるコースは、かつては二人とも、それぞれ太宰とよく散歩した道すじだったが、人通りも少なく、そこをぶらぶら歩きながら、太宰を語り、文学を語り、三鷹事件（私たちの住んでいたすぐそばが舞台のこの事件は、なんとなく身近だったのだ）を語り、朝鮮戦争について語った。小山君は、寡黙ではあったが、語るべきことが少ないという人ではなかった。私の友人たちとも親しくなって、小山君のつきあいの範囲も広がった。とりわけ、結婚したばかりだった阿川弘之の青山南町の崖下の新居や、藤原審爾の入院していた阿佐ケ谷の病院には、二人連れだってよく行った。また真鍋呉夫を通じて共通の友人となった庄野潤三の世話で、当時はじまったばかりの民間放送の仕事をさせてもらったりもした。

　そして、ごくまれには、二人とも、小説が売れた。

しかし、それだけではもちろん喰えない。そこで、しばしば先輩や友人に、二人そろって迷惑をかけることにもなった。一人よりは二人の方が、なんとなく気強く、また気軽になるのである。たいていは、二人とも交通費さえなく、手元に残っている本を売り払って、まず交通費をつくるということからはじまった。そして、片道分にしかならないこともあったが、そんな時は「特攻隊」などと名づけたりした。そして、誰かのところに行こうと誘いに来るのは、たいていは、小山君の方からだった。別にはっきり口にだして、「借金に行こう」などと言うわけではない。だが、だいたい阿吽の呼吸みたいなもので、こちらもすぐ立ちあがる。そんな工合であった。もう、小山君が来るころではないかと、心待ちしていることもあった。

こんなふうになったのは、次のようなことに由来しているのかもしれない。それが二人の間で金銭のやりとりをした最初の経験であった。最初の経験というのは、慣行化しやすいのだ。

居候していた友人が、出て行ったばかりのときだったが、小山君が借金の申入れに来たのである。それほどひんぱんに、つきあっていない頃だった。そして私は名目的にはまだ失業していなかったのだから、月給があるはずだと、小山君は考えたのだろう。その頃の千円というと、ほぼ一週間近くはしのげたように思うが、小山君の申し入れば、それよりも少し多かったのではなかったか。

ちょうど私のところには、友人が出て行ったので、故郷から妻が上京してくる時、母が新調してくれた布団が、一組あまっていた。私は、妻たちを東京に迎えるまで、親戚や友人の家を泊り歩いて、月給は一文も送らずに自分一人で手前勝手な使い方をしていたのだが、さすがに故郷の家では、妻と母との間が悪化して、どうしても妻たちを引き取らざるをえなくなったのである。母もなにか気になるものがあったのだろう。布団を新調して持たせてくれたのであった。

私は早速その布団を売り払うことに決心した。そうすることで、「故郷」とか「家」とかいったものに決着をつける気持も、どこかにあったのだ。その金は、ちょうど半分ずつにわけた。

たずねて行った先でも、小山君は、半ば私の背にかくれてしまうような感じで、自分からは口火を切らなかった。しかし、私には、それが別に不愉快ではなかった。むしろ、小山君の、なんとも頼りなげな不安そうな表情を背後に感じて、言いだしにくいことを思い切って言ってしまう、はずみにすることができた。うまくいって、緊張がとけた一瞬の、安堵したような恐縮したような小山君の微妙な表情も忘れがたい。そんなときに小山君はちょっと水洟をだすことがあることも、心にとめた。

要するに、私はそんなときに、八歳も年上の小山君に対して庇護者めいた気分の中にいた。ところが、その一方に私はいつまでも、布団を売ったときのことに、こだわっているところがあった。そのことを小山君が何も言わないことに、つまり、とりたてて小山君が謝意をあらわさないことに、かすかな不満をおぼえていたのである。

4

つきあってみると、小山君は、ただ篤実なだけの人ではなかった。オヤと思うことも、いろいろあった。

たとえば、小山君の将棋は、急戦模様の棒銀一本槍であった。はじめて将棋をさしたとき、小学生のように単純に、棒銀で突込んでくるので「やはり小山君はマジメなんだな」などとたかをくくっていたところ、アッというまに寄せ切られてしまった。二番目は、用心して堅固な矢倉に組んだつもりだったが、矢次早の攻撃で、これももろくくずされた。せっかちな急戦法にみえて、同時に強靱なのだ。その性急さも強靱さも、私が小山君の人柄と勝手に考えていたものとは、全くちがったものだった。

ある夏の日には、井の頭公園のプールに行ったこともある。小山君の方からわざわざさそいに来たのである。小山君は、正式（？）の褌をしめ、黒筋のはいった水泳帽も用意してきた。私は、途中で吉祥寺の洋品店の店頭にぶらさがっていた、安物の簡便褌を買った。

井の頭プールの水は、湧き水をひいているとかでひどく冷たかったが、小山君はあざやかな抜き手をみせてくれた。入ると心臓がギュッとちぢむような思いがして、私はすぐあがった。ところが、心臓が丈夫でないはずの小山君の方がいつまでも悠々と泳いでいる。私もちょっとした水泳自慢で、小山君のさそいにもすぐ応じて、スタイルのいいところを見せてやろうなどと思っていたのだが、これには、すっかり気押されてしまった。小山君にも、そんな私を、ちょっと尻目にみながら、泳いでいるというふうなところがみえた。

私は、いつのまにか小山君を、運動やスポーツには縁のない、不器用な人のように思い込んでいたのだ。小山君は、身体つきも、裸になってみると、やや猫背だが、胸もあつく案外たくましい感じだった。

しばしば映画にも行った。小山君は、きわめて垢抜けしている映画通でもあった。むかしの映画を、こまかなところまでよくおぼえていた。イタリアン・リアリズムにも感心するが、単純な西部劇も面白がるというところがあった。試写会の切符をもらって、ソ連映画の『ベルリン陥落』を見に行ったことがある。

「どうかね」

見終って、ぶらぶら駅の方に向いながら、私が言うと、しばらく間をおいて、

「丸太棒で、なぐられたみたいだね」

と言った。

文学の面でも、あたりまえのことだが、小山君は決して単純ではなかった。小山君の読書は、ずいぶん幅が広かった。太宰にもそんなところがあったのだが、小山君の選択には、またいっそう独特なものがあった。

「僕はいまの人が忘れて顧みないような本をくりかえし読むのが好きだ」（『落穂拾ひ』）と小山君自身が書いているが、古本屋の均一本の山の中から、本を選びだすのがうまかった。ゴミの中に埋れているときは、何ということもないただの雑本が、小山君がとりあげて手の中にすると、オヤと思う本に変っているという工合である。『落穂拾ひ』には、こうして『聖フランシスコの小さな花』と『キリストのまねび』という本を二冊五十円で買ったと書いてあるが、それが時には、アガサ・クリスチイの探偵小説になり、ワイルドの『獄中記』になり、山川弥千枝の『薔薇は生きている』になり、あるいは、ジャック・ティボーの自伝『ヴァイオリンは語る』になった。

文壇の先輩作家たちを論じていて、ひょいと、とつぜんたいへんな辛辣なことを言いだすこともあった。それは、鋭く仮借なくていて、そのくせへんにユーモラスで、大笑いさせら

れた。

「小山さんも、言うなあ」

と言うと、かれもニヤリとするが、時には、とたんに真顔になって、

「そ、そんなことないよ」

と顔を赤らめながら、あわてるふうになることもあった。そんな時も、やや口をとがらし気味になって、水洟をだすときがあった。


ところが、小山君の作品には、そういうところが少しも出ていないように思われた。それが、私には不満だった。

最初に好評を得た『朴歯の下駄』の時もそうであった。

これは、新聞配達をしていたころの「私」と、吉原の遊女との話である。「どことなく野の匂い、土の香りのようなものがまだ消えずに残っている感じだった」その女と次第になじみになって「行くと彼女から娯楽雑誌などを借りて、寝床の中でそれに読み耽り、そのうち眠くなってきて眠ってしまうのがきまりだった。ふと眼をさますと、いつのまにか彼女がきていて、となりで寝息をたてていたりした」というようになる。そして「まだ日光を見たことがない」という女にたのまれて、一緒に日光へ一泊旅行に行くが、それから四、五日過ぎ

て、彼女は身請けされて「廃業」したということが知らされる──。『朴歯の下駄』という題も、「私」はいつも一帳羅の久留米絣の袷を着て、朴歯の下駄を引き摺って廓に行くというところからつけられているのだが、吉原と遊女を書いて、少しも浮ついたところのない、地味にくすんだ、しかし暖かい色合いの小説であった。それはいわば小山君の人柄がにじみでているといってよい。だが、小山君のいろいろな側面を知るにつれて、その「人柄通り」というところが、気になるのだった。小山君は、「誠実」であり「篤実」と人からも思われているところに、のっかって、仕事をしているのではないかと、思われたのだ。

そのころ、文芸家協会によって、年に二度、上半期と下半期にわけて、小説の代表作が選ばれ、それぞれ一冊の単行本にまとめられるということがあった。『朴歯の下駄』は私の予期通りの評価をうけて、それに選ばれた。

そして、私の不満は、次の『桜林』という作品でいっそうつのった。

「小山さんが今度は『たけくらべ』のような作品を書くと言っている」という話は、前からいろいろの人に聞かされていた。小山君としては珍しく、いい作品を書きたいという意気ごみをなにかのはずみに、かなりはっきりと私などにもみせることなどもあった。ずいぶん日数をかけて書きあげたはずである。

考えてみれば、小山君とは、いろいろなことを、なにかにつけて語り合っていたのだけれども、お互いの生まれ、育ちについては、ほとんどなにも話しあったことがない。そのためもあって、私は、この作品に小山君の過去の現実が反映していようなどとは、少しも考えていなかった。

祖父の代までは吉原の貸座敷をしていて、父は二歳のとき盲目となって義太夫の師匠をしているという少年、「季節には仲の町に移し植えられて、吉原の遊女が道中などする〝夜桜〟の光景をつくる」ための桜の木が植えてあって、子どもたちが「桜林」などとよんでいる公園、芸人や娘たちやおかみさんや、吉原の人々、清元のおさらい、そして、三社祭と吉原神社の祭礼など――小山君は下町育ちだから（その程度の経歴は知っていた）なにがしかのことは知っているにしても、やはりこれはつくりものの世界ではないかと考えていた。

「雰囲気や匂いを意図せず、的確という事だけを心掛けるといいと思います」と太宰は、小山君あてのはがきにも書いているが、これは太宰が教えてくれた、創作上の鉄則である。ところが、この作品では、小山君は「雰囲気や匂い」をねらっているのではないかとさえ、私には思われた。

私は小山君の「誠実さ」「篤実さ」というものを、ほとんど疑ってはいなかったけれども、同時にその端倪すべからざる面、辛辣さといったものも、全面的に出してくるのでなければ、小山君の真実は、そこにないだろうと考えたのである。

5

私は、三鷹の小屋から、中央線をはさんで反対の奥の方、五日市街道よりのぼろアパートの、前の小屋よりは少しはましな、六畳間に住むようになった。小山君も亀井さんの家の庭と裏隣になる二階屋の、玄関を入ってすぐ左の四畳半の一間を借りることになった。亀井さんの奥さんの世話である。さらに奥さんは、奔走して、関房子さんという好伴侶をさがしだし、結婚式まで一切が、その手によってとりはこばれた。小山君の中には、どうしても、他人が世話をやかずにはいられなくなるような、なにかがあった。そのくせ、ヘンに図々しいようなところがある。小山君は、最も初期の作品『わが師への書』の中に「僕はどうやら、子分肌に生まれついているようで、人に頼る気持がいつまで経っても抜けずにいます。その癖傲慢な奴で、ちっとも可愛げなどないのですが」と言っている。

小山君は結婚しても、別に、改まってさて、と仕事に精を出というふうでもなかった。以前にくらべれば多少は家財道具もふえたが、しかし世間並みからいえば、いっそすがすがしいほどの貧乏暮しの中に、悠然としてすわっている。新夫人もまた、それに見習うように、ニコニコ笑って落ち着いている。亀井夫人だけが「せっかく評判がよいのだから、怠けないで、チャンと仕事をすればよいのに」と、しきりにもどかしがっていた。こうした、見ようによってはのんびりしているとも見えるものの中にある、図々しさ、ふてぶてしいようなものを、もちろん、小山君はみずから意識していなかったわけではない。だからこそ「その癖傲慢な奴で、ちっとも可愛げなどないのですが」とまで書いているのだろう。

小山君は若いとき、中里介山が西多摩郡羽村にたてていた西隣塾に身をよせていたことがある。あるとき、『大菩薩峠』の朗読会をめいめい役をきめて、やってみようということになった。

「さて私だが、その時介山居士がふと言った。

『小山君は与八がいいだろう。』

あの種も仕掛もない善玉の役を、私に振ってくれたのである。なるほどと私も思ったが、

『僕はピグミーになりたい。』

居士はさりげない表情で、

『そう先っ走りをしてはいけない。』」(『西隣塾記』)

ピグミーとは、眼も鼻もなく、小山君によれば「胃袋は自尊と虚栄でパンクせんばかり」で、机竜之助に真二つに切られるが、すぐまた息をふきかえす醜怪な生き物のことである。

小山君には「種も仕掛けもない善玉」にはみられたくないというところがあったのである。そして、介山居士はそういう小山君を見通して「与八」という役をふり、「さりげなく」たしなめている。小山君もさすがに「私だとてこんなやつにはなりたくない。それでは折角いい役を振ってくれたのになぜあんなことを言ったのか。天邪気からでもない。私は時々こんな雑音を発する。『ピグミーになりたい。』という言葉の背後には私という人間は全然いないのだ。」（同前）と言わざるをえない。

しかし、このような自分が、時には「僕はなんとも臆面がない。誰にでも見つける、しおらしさというものを僕は持ち合せていないかも知れません。恥しらずになると極端に恥知らずになります。そういう時、僕はどんな侮蔑の眼にもたじろぎません」（『わが師への書』）というようになることも、小山君は知っていた。だからこそ「僕のような者にも、自分の若さというものが、まとまって胸に浮んでくるような期が来るでしょうか。来し方の輪郭が自分でふりかえられる齢をもつことがかなうでしょうか」（同前）と心に浮ぶわが「師」に問いかけ『西隣塾記』によると、中里介山に実際に同じことを問うてもいる。

小山君が年少の時から、聖書にふれ、高倉徳太郎師について「受洗」したのは、それより先のことだが、家出して、神戸の貧民窟に賀川豊彦をたずねたというのも、こうした心の動きからであったはずだ。

また、辻淳さんによれば、刑務所に入ったのも、本来罪というには価しない、単純な使い込みのようなことが原因であったが、小山君は、かたくななまでに刑務所に入って、つぐないをすることを主張したためであったという。

そのころ、私は小山君の中にある、ヘンな図々しさを、こういうものとのつながりのうえでとらえていたわけではなかった。しかし、小山君がその人生遍歴の中で、自分につちかってきたなにかは、自然に察しられた。だから、かえってそこに、小山君らしいものを感じ、決して悪い気はしなかった。

ところが——そこに、文学の問題がからむと、次第に私は一面的になった。そして、小山君の「図々しさ」を、その文学に対する評判のよさ、と結びつけ「図々しい」から評判がよいなどと考えたりするようになった。『朴歯の下駄』につづいて、一度ならず小山君の作品は「代表作」として選ばれた。私の作品も、いくつかの文芸雑誌に掲載されたが、あまり評判にはならなかった。そのことも、私をいら立たせていたにちがいない。しかし、口に出しては言わずとも、こうした感情をいだいていることは、相手に何となく伝わってしまうものである。あからさまには、つのつきあわせることをしたわけではないが、なにかのおりに、微妙な火花を散らせることも、時には、あるようになった。

6

太宰をしのぶ、「桜桃忌」は、その墓のある三鷹の禅林寺で行なわれるが、たしか第三回目だけは、新宿中村屋の何階かの一室をかりて行なわれた。一回目も二回目も、多勢の愛読者がおしかけ、とても静かに太宰を語ろうなどという雰囲気ではないので、会場をうつし、出席者も、故人にごく近しかった人たちに限定しようということになったのだったと思う。

今はどうなっているか知らないが、その運営の大すじのようなものは、亀井さんが井伏さんなどと相談し（特にあのころは、亀井さんが、禅林寺への連絡、料理仕出しの交渉など、細かな点まで気をくばってくれたものだが）小山君、小野才八郎、桂英澄や私など、太宰に師事した、いわゆる弟子たちが下働きの実務に当る慣行だった。

その日、私は「受付」係りをしていたが――そこへ突然（まったく、そういう感じで）山岸外史氏と哲学者の出隆氏があらわれた。山岸氏は、太宰の若いときからの親友ともいうべき人であったから別に問題はないが、共産党への入党や、革新陣営が二つにわれた都知事選立候補の問題などで、ジャーナリズムをにぎわしていた出氏の出現は、少しく奇異な感じがあった。山岸氏によれば、会場にくる途中、偶然出氏にあい、「平和基金カンパ」に困っていると聞き、連れてきたものだという。「ぼくには八百円も千円もの会費を支払う能力がなかったから、亀井勝一郎君にかねがね『木戸御免』のことを頼んでおいて了解ずみだったのである。（中略）出先生の分もついでに払わんですませたかったから、丁寧に戸石君に渡りをつけた。平和基金カンパのために先生がみえたのだから、その方もそうしておいてくれといった。戸石君はジロッとぼくをみて『いいでしょ』と気やすくいってくれた。ぼくを尊重したのではなく、戸石君も平和運動を理解していたのだと思う。ぼくは先生が財布をだされたのをとどめて、室内に入った」（山岸外史『太宰おぼえがき』）

しかし、私は「気やすく」どころか、むしろ腹をたてていたのだ。

特に、今日の集りは、太宰に近しかったものだけが、ごく内輪に、それだけに親密に太宰の思い出を語り合おうというのが、趣旨である。ところが、山岸氏は、そういう集りの趣旨や参会する人たちの感情に、ほとんど気くばりしないで、太宰となんの面識もなかったはずの出氏を出席させ、おまけに平和基金カンパまでさせるという。会の雰囲気がどんなものになるか見えていた。だが、それを先輩である山岸氏に言うのは、やはりためらわれ、そんなためらいを覚える自分にもに腹が立った。そうなってみると、会の主体が、きわめてあいまいなところもある。亀井さんにしろこうしたことについて、どうするかの判断を下す立場に立たされるとなれば、身体全体で拒否しているような気配があって、みんなの中で相談するなどということが、できるはずのものではない。どうせ、ただの「受付」なんだと、にわかに投げやりな気持になって「いいでしょ」と言った。

スピーチが出氏の番になると、太宰のことなどは何ひとつ言わず、いきなりカンパの訴えをはじめた。ややはにかみをみせながら、まじめに訥々と訴えている姿は、いかにも、哲学者出氏らしいものかもしれなかったが、やはり、全くその場にそぐわないものがあった。つづいて、山岸氏が演説し、誰かの帽子を勝手にうしろのテーブルの上からとりあげて、それをもって席をまわりだした。

山岸氏の書いたものによると、死んだ外村繁氏だということだが「おれは、そんなものには入れんぞ」という、低いがそれだけに怒りの強くこもった叫び声があがり、会の雰囲気は、やはり一ぺんにこわれてしまった。

その後の様子は、全くおぼえていない。いずれにしても、私は「受付」のときからの怒りと不愉快さを、ほとんど頂点まで、もえくすぶらせていたのだった。

ところが――そのあとの二次会で、中村屋のそばの〝ハモニカ横丁〟の小料理屋に、先輩たちについてゆくと、井伏さんから強く叱責をうけることになった。「なぜ山岸氏をよんで、ああいうことをさせたか」というのである。なにか二言、三言、弁解めいたことを口にしかけると、さらにきびしく叱責された。

まだ夕方には少しまのある薄暗い店先で、じっと頭をたれていると、いくらでも、涙があふれでて、とまらなくなった。

太宰に関することでは、私には、もう一つの〝前科〟があった。

太宰全集（八雲版）の一巻として、書簡集を出すについて、井伏氏宛のものを、原稿用紙に書き写すことになったときのことである。まだ、三鷹の小屋に友人が同居していたころだ、友人は〈それぐらいの仕事〉はぜひやらせろと言い、自分一人でそれを仕上げてくれた。私は、それをそのまま、井伏さんのところに届けて、みてもらった。

ところが、それにはいくつもの誤りがあった。仮名遣いの誤記、漢字を勝手に略字体にしているいることのほかに、致命的なのは――、「いろいろ」というような場合、「いろ〳〵」と書いていることであった。太宰は、全くといってよいほど「〳〵」という書き方をしないのだ。

「君は、太宰のこんなことも、知らなかったのかね」

と、井伏さんは言われた。きめつけるような言い方ではないだけに骨身にしみた。

たしかに、自分が師とするものの文章を、正確に書き写すこともできない人間が、「文学に志す」などという資格はないはずである。文字通り、ほぞを噛むような思いで、なぜ調べなかったのだろうと思ったが、もはや、とりかえしはつかなかった。

八雲書店に、私は太宰全集の係りということで入社したのだが、仕事らしい仕事はあまりなかった。何巻に何を入れるかは、私が入社する前、太宰の生前にきめられていた。校正は専門の校正係りの仕事だった。本来なら、後に筑摩書房版の全集のとき、小山君がやったように、まず、出典の本文校訂にあたるような仕事をやり、したがって、校正にも一定の基準を設けて、自分でもキチンとやるべきだったが、そんなことは思いつきもしなかった。私の仕事はといえば、毎巻の解説を、豊島与志雄氏に書いてもらうこと、はさみこみの全集月報の編集をすることぐらいに限られていた。

太宰の「初期作品」——作家として出発する以前のものについては、私の入社早々に青森・津軽に行ったとき、その主要なものは、収集を終っていたし、書簡集、太宰の年譜の整理などについては、片手間に、気永にやってゆけばいいことであった。そこで自然に、雑誌や単行本などの編集も手伝うようになったが——ところが、そのころから会社の経営が左り前になりだしたのであった。

そうなると、底の浅い出版社の経営は、アッというまにいけなくなる。たちまちしわよせをうけるのは、原稿料・印税であった。本来なら、出版社と著者との関係であるべきものが、いっさい編集者個人の責任のようになるのが、日本の出版界だ。この中で、編集者は、あっちにもこっちにも、身動きのできぬ「不義理」ができて、やがて、いかにもニヒルなすれっからしであることが、プロとしての編集者であるような倒錯さえうまれた。

このような気持が、太宰全集の仕事の上にも反映したことはいうまでもない。井伏さんに指摘されたことも、いわば、このようなことの集約としてあらわれたことであった。

そして、私は、八雲書店が倒産してしまう前に、別の会社に移ることになった。もはや経営者には、太宰全集の刊行（小説集の一部と随筆集、書簡集などが残っていた）を継続する意志も能力もなく、私には幼い子どもたちもいて、「生活」のためにはやむをえないと、何人かの人たちが、了解もしてくれてのことであったが、「不義理」を残したまま、他社に行くというのは、やはり、後めたいものがあった。

特に、もっとも気がかりなのは、書簡集などの資料であった。それぞれの持主が大切にしているもので、決して散逸を許されぬ貴重品であったから、金庫に厳重に保管していたのだが、口絵の写真にするため、写真家のT氏に依頼し、稿料がはらえぬまま、そのままになっているものもあった。もちろん、これらのことについては、後に残る人たちに、よく頼んできたつもりであった。が、やはり倒産のあわただしい中では、あいまいなままになってしまった。このことは、いつまでも、私の心に突きささっていた。

7

やがて、ようやく回復してきた出版景気の中で、太宰の作品は、さまざまな形で以前にもまして、出版されるようになった。そして、それにともなう解説や編集というと、いつか必ず小山君の仕事というようになっていた。以前は、その種の仕事は、多少は私のところにも依頼があったものだが、次第に私は無縁の存在になってゆくようであった。

さきにのべたような、井伏さんとのことがもちろん直接の原因であるはずはない。しかし、あそこにあらわれていた、私のどこかいい加減な生活態度が、結局はそうさせる原因をつくっていたと、ひそかに考えないわけにはいかなかった。しかも一方、私は、さまざまな理由から、太宰の文学の影響を脱けだしたい、と思うようになっていた。それなら、そんな取り扱いをうけるのも当然であったし、そうなったところで、別になんということもないはずであったが――やはり、心安らかでないものがたしかにあったのである。

私は酒に酔って「小山君は、太宰神社の神主さんだね」などというかげ口をきいたりした。

そのころ、私がある同人雑誌に書いた小説を、小山君がほめてくれたことがある。私のいわば〝キタ・セクスアリス〟であったが、小山君は「サラリーマンの子どものわびしさがよくでているよ。わびしくて、実にいいと思った」というようなことを云ってくれた。私としては、つとめて〝正確に〟真実を書こうとしただけであり、ことさら、わびしさというようなものを〝ねらった〟のではなかったが、そんなふうに読んでもらえるのは、ありがたかった。

しかし、小山君はそのあと、ややためらうようにして、井伏さんは、それが本質的なものかどうか、疑問にしているようだったと言い、「ぼくは、君の本来のものだと思うけどね」と、例の改まった時にする、口を少しとがらした表情になって、口早につけ加えた。

一方、小山君は、『新潮』に、『幸福論』と題して、一回ずつ読切りの随筆を連載しはじめていた。いかにも小山君らしい味わいのものであったが、私には、小説ではなく随筆というのも、おまけにそれが、悟りすましたような『幸福論』というのも、全く気にいらなかったのである。

太宰の最初の「文学碑」が、山梨県南都留郡河口村の御坂峠にたてられ、建碑式が行われたのは、昭和二十八年の十月三十一日のことだ。

早朝三鷹を発って（そのころ、甲府行きの電車には三鷹始発というのがあったように思う）まず、大月に向ったが、その日の行事で、小山君は、太宰の〝弟子〟の一人としてあいさつをし、私は、用事で行けない亀井さんの祝辞を、代読するという役まわりになっていた。

その何日か前、亀井さんによばれて、このことをたのまれた時には、何でもなかったのだが、そのうちに、だんだん、小山君に〝差をつけられている〟という思いに、とらわれだした。亀井さんの「祝辞」は、小山君がもってきてくれることになっていた。車中で、小山君がそれを私に渡そうとしたとき、私は、いきなり「それも、小山さんが読んでよ、それが順序なんですよ」という論理もなにも通らない、めちゃくちゃなことを、ぶっつけてしまった。

私は、頭に浮かぶさまざまな思いで、ひとり興奮し、きれぎれの断片を脈絡もなく、相手に投げつけてしまうことがある。たぶん「太宰の〝弟子〟の序列の順序で、小山君があいさつをする代表に選ばれたのなら、亀井氏の代読も、亀井氏に親しい順番で、小山君にやってもらいたい。そうではなくて、小山君があいさつ、私が代読というのは、二人の間に序列をつけることではないか。私は承服しがたい」というようなことが、言いたかったのではなかったかと思う。

脈絡がなくても何でも、これで、私がこれまで小山君に対してためていた感情を、この上もなく露骨にさらけだしてしまった、ということだけは、はっきりした。

小山君も、困惑と同時に、憤りの表情を強くにじませていた。

しかし周囲では、ほんの短い間に行われた、この感情のやりとりを、気がつかなかったようだ。誰かが、きわめて屈託のない声で、

「いやー、今日は、戸石君が代読することになっているんだろう」

と言ってくれ、私としても、ひっこみのつかないところを救われる形になった。

富士はちょうど晴れていて、河口湖を下にのぞむ景観は、太宰のいう「風呂屋のペンキ画」ではあったが、それはそれなりにみごとであり、御坂峠の、太宰が暮した茶屋での、細々したことも、ひとつひとつ、なにがしかの感慨をともないはしたが——私は、思いをはらさなかった。

そして、式がはじまったが、やはり代読者である私の名などは、とりたてて紹介されるわけはなかった。私は、仏頂面をし、気持を少しもこめず、亀井さんの祝辞を、棒のように読んだ。

帰りは甲府に一泊し、夜、太宰についての講演会があることになっていた。そこへのバスの中で、ガイドの娘さんが、「ハンデメタメタ、ゴッチョデゴイス」という方言のはやし入りの歌謡曲をうたってくれ、酒もでて大へんにぎやかであったが、私は、小山君を意識し、かたくなにかまえていた。

甲府の講演会でも、小山君は話をすることになっており、講師の宿舎は多勢の随行者とは別であった。私たちは、会場をちょっとのぞいただけで、宿舎に帰ったが、小山君も講師であることは、それまで知らなかったのである。

酒が入るにしたがって、私は、しきりに慷慨したいような気持になった。やがて「小山君はきたない」などと、あからさまに小山君を攻撃する言辞を吐いた。詩人の宮崎譲氏が、しきりになぐさめてくれたことをおぼえている。が、私は、当然のことだが、やりきれなくなるばかりだった。

8

逢えば、かわりなく話しあってはいても、やはりそれ以来、二人の間のへだたりは、はっきりしてしまった感じだった。

それに、その少し前から、私は高校の教師になって、興味のもち方が、少しずつ、ちがうようになっていた。私の勤めたのは、定時制高校であった。そこで、私は、はじめて勤労青少年とよばれる生徒たちの生活実態にふれた。彼らの生活のうえにのしかかっているものにくらべると私の貧乏などというものは、金がないという現象は同じでも、道楽で貧乏しているようなものであった。私の場合は、自分の気の持ち方さえかえれば、そこから脱け出すこともまだある程度は可能であったが、彼らのは、気持の問題では、どうにもなるものではなかったのである。私は、ことごとに、そのことを思い知らされていた。

そして、情勢は急速に反動化していた。「メーデー」事件は、あの暗い軍国主義時代が、再び近づいてくる明確な里程標のように思われた。

ふと、妙な気持で、「メーデー」事件の日に、小山君の結婚式があったんだな、と思うことがあった。

私は、自分を弱い小心な人間である、と思っていた。それだけに、周囲の状況に流されやすいところがある。軍国主義が復活している時代に、いつのまにか、自分は順応してしまっているということには、ならないだろうか。私は、二度とそんなふうにはなりたくなかった。

要するに、文学に全く関心を失ったのではなかったが、文学だけに明け暮れるということではなくなっていたのである。生徒たちにも、次第に、深くひかれるようになり、最初は、ほんの腰掛けのつもりで勤めだした教育という仕事だが、そこには文学とはまたちがう創造的な喜びと苦しみとがあって私をとらえて離さなかった。

小山君と逢うこともまれになった。しかし、そうなると、かえって以前のように、忌憚なく話し合える気分も、なんとなくよみがえることもあった。もっとも、私の方が一方的に、生徒の生活についてしゃべりまくったり、社会問題についての講釈をしたりということが多かったようだ。それでも小山君は、素直に私の話にうけ答えし、署名やカンパにも応じてくれた。決して私に対する義理なんかからではなかった、と思っている。

小山君は、人が考えるほどその文学を、非政治的な場所にだけ、きずこうとしているのではなかった。許南麒氏の詩集『朝鮮冬物語』について書いたものの一節を紹介しておこう。小山君としては、珍らしく歌い上げるような調子で書いている。

「私の麻痺した鈍い心にも、この歌声はとどく。私はこの歌声の中に、歴史も地理も現状も知らない隣国（こういういいぐさが既に阿呆であろうが）の一切を聞きつける。その不幸とその苦しみを。

私はこんな、愛国の感情に密着された詩集を知らない。なんという祖国への愛情だろう。この詩集に漲るものは、ただ国土と同胞への愛着だけである」

「この人達にとっては、自分の身の上のことを思うことが、そのまま、同胞のことを思うことにつながり、同胞の身の上を思うことが、また自分のことを思うことになるのだ。自分だけの隠れ家に閉じ籠って、私腹を肥やしている余地などは、まったくないのだ」

「私はこの人達の、この人達のという言葉を繰り返してきたが、この詩集が一人の作者のものであることを忘れているのではない。むしろ私をして、自然にそういわせたところに、この詩集の特色があるのだ。これは一人の作者の歌声であると同時に、また民族全体の歌声でもあるからだ」

「こういう歌声を聞くと、私達は自分のうちに、それに呼応するものがあるのを覚えるだろう。敗戦の苦痛をなめた私達のうちに、新しい決意の湧くのを確めるだろう」

9

やがて、私は、勤め先の学校の近くに住居をうつし、小山君は練馬区関町の都営住宅に入って、いっそう疎遠になった。お互いに、お互いの家を知らなかった。

桜桃忌の一切は、小山君がやるようになっていた。私は、学校のことにかまけて、出席しなかった。

小山君の作品集も、いくつか刊行されたが、だんだん送ってもらわないようになった。そのうち、小山君が、筑摩書房から新たに出される予定の太宰全集の編集の仕事の責任をもつことになったことを知らされた。

なにかの会合で、久しぶりに逢ったとき、小山君は「戸石君のつくった太宰年譜は、ずいぶん間違いがあるね」と言った。私は、前の八雲版全集のために準備していたものを、檀一雄氏の小説のために提供していて、それが太宰治の唯一つの年譜になっていたのである。

聞きようによっては、ずいぶん耳ざわりのはずの言葉であったが、あとで自分でも案外だったほど、気にしないで聞くことができた。すでに刊行されていた全集の何巻かの、小山君の克明な校訂ぶりには、無条件に頭が下がるように思っていたためでもあった。

しかし、私は、根本のところでは、小山君に対するみかたを、変えてはいなかった。私の、とらわれたみかたは、そのまま固定してしまって、一方では、小山君のことをできるだけ忘れようとしていた、といってよい。小山君は、私にとって「文学」の象徴のようなものであり、小山君を忘れることによって、私の「文学」に対する関心を、無理にでも眠りこませようとしていたのかもしれない。

昭和三十三年秋、小山君はとつぜん脳血栓でたおれ、つづいて失語症を併発した。

そのしらせを聞いたとき、とっさに、私は、行きたくないと思った。口のきけなくなった小山君に、どういう表情をして、逢えばよいのか。その場面を考えると、どうしても行く気にはなれなかった。

そして、そのまま、ずるずると忘れるままにまかせておいた。

小山君の奥さんが死んだ時もそうであった。私は、むしろ、行かないということに固執さえした。

その死について、井伏さんは、

「年月は確かでないが、小山君の奥さんが家出をしたのは、生活保護を受けるようになってからではないかと思う。たぶん小山君が病気で身動きできなくなっていたときだろう。奥さんは睡眠薬をのんだ直後に家を出て、雨が降っているのに最寄《もより》の雑木林のなかで眠ってしまった。捜しに行った人が見つけたとき、奥さんは仰向けに臥ていたという。これは眠っているうちに雨が口のなかに溜って息をつまらせたのか、息を引きとってから雨が口のなかに溜ったのか不明であるそうだ。細い雨が降りつづけでいる日であった」（『手控帖より・小山清君の墓』）

と書いている。

小山君の奥さんも、肉身の縁には薄い人のように聞いていた。心もちさびしそうな感じはあったが、いつもひかえめに、にこにこしていて、小山君には似合いの人だった。

私の知っている、つつましく幸福そうだった、井の頭時代の二階建ての家のことが、思い出されて——暗然とした。

が、私は、行かなかった。

そのうちに、阿川弘之、庄野潤三の二人が発起人になって、小山君に見舞金を贈るということがおこなわれた。

私は、それを亀井さんを通じて聞いた。

ところが、その二人が、直接話してくれなかったということに、私はひどくこだわっていた。阿川や庄野に小山君を紹介したのは、私ではないか、それなのに、私を除外している……という、子どもじみたひがみにとらえられていた。もちろん、なにがしかの金円はさしだしたが、私はそのこだわりの中にいるだけであった。

（この時の見舞金を、小山君は、そっくりそのまま、きちんと半紙に包んで抽出しに入れておいて、一円も手をつけていなかった、という）

小山君は、昭和四十年三月六日、急性心不全で死んだ。脳血栓で倒れてから七年目のことである。

さすがにこの時は、葬儀に参列しないわけにはゆかなかったが、相かわらず、私の心は重苦しかった。

小山君の遺体のまわりに花をかざって、棺に蓋をし、いよいよ釘をうちつけようというとき、それまで、なにくれとなくまわりの人たちに指図し、世話をやいていた亀井さんの奥さんが、とつぜん、大きな声をあげて、泣いた。

小山君が、吉祥寺の牛乳屋の二階から亀井家の隣りに引越し、やがて結婚して、今日にいたるまでの長い幾月のことがそのはげしい泣き声の中にほとばしり出たように思われたが、――亀井さんも、すでに癌で療養中であった。

10

昭和四十四年、小山清全集全一巻が、筑摩書房から刊行された。死後、筑摩から全集が出されることは、田中英光も、心のなかで強く期待していたことであった。

改めて、小山君の作品を読んでみて、私は、小山君についても、その文学についても、何一つわかっていなかったのではないか、という思いに、強くとらえられた。考えてみれば私は、小山君の、ごく初期の作品しか読んでいないのであった。

たとえば、小山君は、嘉村礒多について、次のように書いている。

「私は葛西善蔵を愛読していたので、晩年の葛西に親炙して弟子の礼をとっていた嘉村に対してはただならぬ親しみを感ぜずにはいられなかった」「葛西の衣鉢をつぐ者として、嘉村の作品はその頃の私の心の飢えをみたしてくれるいちばんのものであった」「嘉村はどうやらハイカラな人ではなさそうなので、自分の野暮ったさをもてあましていた私は、嘉村の中に自分でない自分を見つけるような気がした」(『四人のひと』昭和名作集月報)ここまでは、小山君らしいともいえるのだが、問題は、その次である。

「その後、太宰治と知り合いになってから、なにかの話のついでに、私が嘉村のことにふれて『才能のある作家は、地味なんてことがあるわけはない』と言ったら、太宰も即座に首肯して『嘉村磯多は大派手だよ』と言った」

私は、目をみはるような思いがした。小山君は、野暮なんかではなく、実に、派手な作品を書こうと意図していたのである。『桜林』なども、その一つであった。きわめて抑制した筆づかいで、地味に地味におさえながら、故郷の詩を、しっとりと情感をこめて、描いている。小山君の考える「派手さ」がこれなのであった。

私は「こしらえもの」などとしか読めなかったが、小山君の少年の日の現実が、ここには反映しているということもわかった。おのが心の故郷――「ハイマート」を、このように書ききるというのは、なみなみのことではない。

小山君の中には、傲慢さもあったが、同時に砕かれた心のつつましさもあった。図々しくもあったが、ユーモラスなところもあった。野暮であり、垢抜けしていて、派手でもあった。そして、それら全体をひっくるめて、小山君はやはり誠実であったのだ。

私が、はじめて小山君に〝才能〟を感じた『メフィスト』などは、そうなってみると、どちらかといえば、小山君として調子の低い方に属するものであった。

ものにとらわれるということは、しかたのないものだ。

さらにまた、小山君に師事した若い人たちの雑誌『木靴』の、小山清追悼号に、太宰夫人である津島美知子さんがこんなことを書いている。

「このころ、小山さんは随分私に甘え、凭れていたと思う。あの部厚い緻密な皮膚をもった巨体に、どたりと凭れかかられて、私はいつもたじたじであった。小山さんはまた言いだしたらきかない駄々っ子でもあって、結局小山さんに押しきられていた。古いズックの手提鞄を持って来て修繕してくれと言う。中学のときからの伴侶で大切な記念品でもあり必需品でもあるらしい。小山さんが大事がる気持はよく判るけれども、もはや落としても拾い手がない程にくたびれた代物である。鞄はまだよいが、肌につけるものを繕ってほしいと言われたときは困った。また『桜林』のとき、口述筆記お願いしますと小山さんは言い出して、きかない。へんじゃないの、困るな——そんなことといやだな——さまざまに防戦に努めてみるものの、結局二階で長いこと筆記させられる。またあるとき、

『目薬さして下さい。』

こうなると、私は心中で叫んでしまう。

『わいはあ、うたて!!』

太宰の口真似をして倫理はこらえるが、感覚がたまらないとでも言いたいところである。」

小山君は「亥ノ八白」だというから、生きていれば、ことしは、ちょうど還暦になる。
ことしは、小山君の墓まいりに、行こうと思う。

別離

わたしの太宰治

1

そのころ、私は、彼のことを「先生」と呼んだ。それ以外の名で呼ぶことは、考えられなかった。それでも、友人などと話していて、なんとなく「先生」ということがためらわれ、つい、「さん」づけで呼んでしまったりすることがある。そうすると、私は、次の瞬間から後ろめたい気持になった。「先生」という名以外の言葉で、彼のことを呼ぶのは、そのころの私にとって、許しがたい背徳なのであった。

私が、太宰治の家をはじめて訪ねたのは、昭和十五年十二月のことである。彼は、数え年の三十二歳、そして私は、ちょうど十歳下の二十二歳、後にアッツで戦死した三田循司と同行したのだった。三田は、私の一級上で詩を勉強していた。

いま思うと不思議なほどなにも読めていなかったのだが、私は、その前年の仙台の高等学校時代から、とりつかれたように太宰の作品に熱中するようになっていた。たぶん私が、「自意識過剰」ということに思いなやまされていたからであろう。たとえば、『八十八夜』という作品には、こんなふうに書いてある。

「笠井さんは、そんなに有名な作家では無いけれども、それでも誰か見ている、どこかで見ている。そんな気がして群集の間にはいったときには、煙草の吸いかたからして、少し違うようである。とりわけ、多少でも小説に関心を持っているらしい人たちが、笠井さんの傍にいるときなどは、誰も、笠井さんなんかに注意しているわけはないのに、それでも、まるで凝固して、首をねじ曲げるのさえ、やっとである。――もともと笠井さんは、たいへんおどおどした、気の弱い男なのである」

私もまた、どんな小さな動作にも、人にどう見られているか、どう思われているかという意識がつきまとい、ポーズだと思いだすと、身動きができなくなるような気持にとらわれて、いっこうにとりとめがなくなるのであった。

年譜によれば、昭和十四年の八月号の『新潮』だというが、はじめて雑誌でこの作品を読んだ時には、身ぶるいするような感動をおぼえた。読みすすむにしたがって、活字が一つ一つ胸の中にきざまれてゆくような気持だった。自分の気持が、ぴしゃりと寸分たがわずここに書いてある、俺の言いたかったのはこれだと、思わずにはいられなかった。この作品の中で、作者は、「自意識過剰」の姿をえがいているというだけではない、そうした自分を素直に肯定して、そこから少しずつ、一歩一歩すすみ出ようとしている新鮮さがあるのであった。

その夜、私は、手もとにある限りの雑誌をひっくりかえして、同じ作者の作品をさがした。『懶惰の歌留多』と『姥捨』、そういえば、たしかに前に読んだおぼえはあった。『懶惰の歌留多』は、形式の新鮮さにひかれるものがあったが、もう一つその面白さにわかりにくいところがあり、『姥捨』は、何の感興もなく読みすてていたものだ。そこで、興奮のさめぬまま一気に読みかえしたのだが、前のときよりは、さすがにいくらかはわかるような気持にはなったものの、『八十八夜』の感動はどうしてもえられず、それがひどくもどかしかった。

次の日、私は、本屋に行って『愛と美について』を買った。それはあまり手にとられず棚のすみの方に残っている本であったが、あれもこの太宰治の作品であった、よしあれを買おうと、『八十八夜』を読みながら考えていたのである。白地の紙の中央に、浮き出したように一輪の花が刷ってある瀟洒な感じの箱に入っている本だった。『愛と美について』には、同名の作品のほか『秋風記』『新樹の言葉』『花燭』『火の鳥』などが収録されている。それぞれに、『八十八夜』とはまた異った新鮮な魅力があって、私をとらえてはなさなかった。

それから『女生徒』、大形菊判の表紙の真白な『晩年』、新潮の新選文学叢書の一つで、変形四六判、それまではこの作者はヘンな顔をしているなという口絵写真の印象しか持っていなかった『虚構の彷徨』、まるでうすっぺらな『二十世紀旗手』、これらの本をさがしまわっては読みふけった。その一冊一冊が私をかきまわしたのである。『八十八夜』の感動も、いまでは、それほどではなかったように思われた。なかには、やはりよく理解できないものもあったが、これらの作品の多くは、私をゆさぶり、時には感動のあまり有頂天にさえした。

ちょうどこの時期は、太宰が美知子夫人と再婚し、新たな思いで次々に『美少女』『畜犬談』『おしゃれ童子』『俗天子』『鴎』『兄たち』『春の盗賊』『駈込み訴へ』などといった作品を発表しはじめた時にあたる。私には、新聞の広告から「太宰治」という活字が浮き上がり、目の中にとびこんでくるような思いがした。なにげなく取り上げた雑誌を、パラパラとめくって、あ、これは太宰の文章だなと思って、あわてて目次を見てみると、たしかにそうだ。しまいには、ずらりと雑誌のならんだ本屋の棚のまえで、太宰の文章ののっているものは、なんとなくカンでわかるような気さえしていたのである。『愛と美について』の自序には、「こんな物語を書いて、日頃の荒涼を彩色しているのであるが」とある。だが、私は、その「日頃の荒涼」なるものが具体的にどんなことなのか、少しも知っていたわけではない。それどころか、そんなことが書いてあることに、さして注意をはらいさえしなかった。そのくせ、私は、太宰治こそ私という人間を誰よりもわかってくれる人だと信じて疑わないようなところがあった。たとえばその気の弱さや、はにかみについて、またそれを糊塗しようとしてお道化ること、そのユーモアについて、そうしたことすべてをひっくるめ、自分で自分がどうにもいやになることについて、あるいはまた、幼い時から自分の容貌が気になり『おしゃれ童子』という作品にあるように、絣の着物の下に白いフランネルのシャツを着込み、袖口からいかに純白、純潔のシャツがのぞき出るか腐心するといった、あわれなおしゃれについて、まったく「私」と同じだと思った。そのころ私は、自分の家の女中に理不尽なことをしてしかもそれが母に知られるということがあり、それはどうかすると私を落ち着かない暗い気持にさせていたのだが、それも私は、『思い出』の中の一節になぞらえてみたりしていたのである。

同じ高等学校の理科の生徒に一人、やはり太宰が好きだというのがいることを、そのうちに知った。東京の中学出身で、なんとなくデカダンなにおいのする男だった。私などのよく知らない太宰その人のことについても詳しい様子であった。けれども私は、そんなごとを知れば知るほど、彼を反撥し軽蔑しようとした。デカダンだなんて、あいつはただデカダンぶってるだけじゃないか。それに、太宰は、決してデカダンなんかじゃない。彼は、太宰の形骸をまねしているだけだ。その私は、彼のような存在は、太宰を潰すものだと思っていた。

こうして私は、東京の大学に来たわけだが、そのころの日記をみると、「こんな心を征服して、いわば、一種の自意識過剰を征服して、単純素朴に！　ここに太宰治論を書かねばならぬ理由がある。」やたらにそんなことが書いてある。

そのころの文学青年のつねで、せっかく東京に出てきたからには、私も、だれか作家のところに行こうと思っていた。行こうというのは、もちろんただ「行く」というだけではない。「弟子入り」するというほどの古風な気持ではなかったにしても、知遇を得たいという期待はかなり強くこめられている、そういう当時の文学青年用語だった。

ところで私は、へんなのだが、それほど打ちこんでいた太宰だけが、行こうと思う唯一の対称ではなかった。太宰のところにも行きたいと思っていた。しかし私は、それと同じくらいに『故旧忘れ得べき』や『起承転々』の高見順氏のところにも行ってみたかった。太宰は、私を敬愛させ熱中させるだけ、直接たずねるのがなにかためらわれたのかもしれない。それにくらべると、高見氏の作品の自意識過剰ぶりには庶民的みたいなところがあって、親しめる感じがあったといえる。だが、いずれにしても、私は、それをなかなか実行に移せないでいた。「行く」ための手続き、たとえば、手紙を書くこと、そして、玄関先ではどんなことを言ったらいいのかとか、そういうことを考えだすと次第に気が重くなり、不安な気持になるのだった。

ところが十一月の末、どんなはずみか、まさにはずみとでもいうよりほかしかたがないのだが、夜、本を読んでいてにわかに思いたって、太宰に手紙を書いた。

思いたちは、はずみであっても、気持は真剣だった。この文章一つで、自分というものの姿が見られるのだと思うから、何度も考え考え書き直したが、結局は「おたずねしたい」ということだけを簡単に書くことになってしまった。そして、息をこらすような思いで返事を待った。

三日目、私の手紙に封入した封筒を使ってようやく返事が来た。その封筒には、私の字で住所姓名を表書きしておいたのだが、私の名前の下の「行」が細字の華麗なペン書きで「様」に直されてある。そして、なかみは便箋一枚に文学を勉強することで、「おたがいにはげましあって」ゆくのは歓迎するが、「しかし、好奇心からの作家訪問なら、お断りします」とあった。

とたんに、私は身体中が熱くなった。自分のこの気持が、一時かもしれないが太宰その人に「好奇心からの作家訪問」のように思われたのではないかという思い、それにつれて、自分という人間が卑小な計算ばかりしている醜い男のように思われてきたのだ。たとえば、表書きを自分で書き三銭切手をはった封筒を同封したのも、そうすることで、必ず返事をもらおうという計算がないわけではない。そのいやらしさが、私の下手糞な表書きの字によくあらわれているようだった。それがはっきり見ぬかれていることが、太宰の「様」の字のなかに、いやおうなく出ているようにさえ思える。そして、太宰を高見順とはかりにかけていたという思いもあった。

私は、そのまますぐ太宰に二度目の手紙を書いた。熱にうかされたようになって、いうならば、わが思いのたけをのべたのである。かなり長い手紙になった。そして私は、その手紙と太宰の手紙とをもって、三田の下宿をたずねた。三田には、最初の手紙を書く時も伝えてあった。私たちは、高等学校以来の友人などといっしょに同人雑誌をつくっていたのだが、その中で、三田は、ただ一人の詩人で、酷烈とでもいうような自分の胸中のきびしいはげしい思いを表現するために、言葉を模索していて、私は、友人として最も三田を敬愛していた。私は、どうしても三田に、この興奮を伝えたかったのだ。


その日、三鷹についたのはたしか午後二時ごろだった。東京府下三鷹村である。新婚の太宰は、前年の九月、奥さんの実家のある甲府から引越してきたばかりであった。

駅の南口を出て真すぐに下ると、すぐどぶ川にぶつかる。そこを左に折れて、どぶ川沿いにしばらくゆくと、やがて家並がきれて、右も左も陸稲の畑になる、杉や雑木の木立などもみえる。そのまま、埃っぽい道をゆくと、また家がある。「高級住宅」のような家もあるが、いまでいえば都営住宅のような小さな家もところどころにまじっていて、しいんと静かな住宅地だった。そこをこんどは右にまがって、同じく右側の路地に小さな家が三軒ほど並んでいる、そのいちばん奥が、太宰の家であった。駅前の交番でおおよそのところは聞いてきたのだが、なかなかその家は見つからなかった。そして、私も三田もあまり口をきかなかった。なにかしら重い興奮があって、そこらの人に道を聞くこともせずに、「こっちかな」「うん」などと言うだけで、そこら中をぐるぐる歩きまわっていたのである。

生垣の細い路地の奥に、太宰の家はひっそり静まりかえっていた。玄関の左の柱に例の字で太宰治、カッコして津島と書いた表札があった。しかし、声をかけてもしいんとして人の気配がない。隣りから女の人が出てきて留守だという。そこで、やたらにそこらを歩きまわった。ぶらぶら歩きではない。かなりの急ぎ足で歩いた。留守だからといって別にがっかりなどはしなかった。帰ろうとも思わなかった。そんなことは思いつきもしなかった。ごく自然に、帰るのを待つために歩きまわっていたのだった。

もう一度たずねたのは、そろそろ夕方近かったのではないか。こんどは留守ではない、人のいる気配がする。さっきの表札をもう一度たしかめるようにしてから、案内を乞うた。玄関のガラス戸をあけると、正面の障子が少しだけ開き、奥さんがややななめに顔をのぞかせて、まず留守にしたわびを言われた。私たちが来たことを、隣家の人からでも聞いたのだろう。

そして、太宰は、その玄関の障子をあけたところの六畳間に、机を前に、あちらを向いて坐っていた。その左手が床の間で、扉つきの小さな本箱が一つおいてあり、佐藤一斉の書という、だが、私にはほとんど読めないくねくねした字の、掛軸がかかっていた。右手のかもいのところに、仏像かなにかの写真の額もあったように思うが、よくおぼえていない。そのほかにはなにもなかった。さっぱりした感じの室であった。

太宰は細かな絣木綿の着物で、こっちをむくなり堅くなっている私たちに、髪を一ににぎりにぎりあげるようにしながら、ややあわただしくお辞儀を返した。思っていたよりも、端正で若々しい風貌である。ぎこちなく固くなっていたのも、まもなくほぐれた。三田は、もともと寡黙であった。大きな眼を、ぎろりとむいて坐っている。私は、会話のとぎれるのがこわくて、むやみに質問したりしゃべったりした。ずいぶんおろかしいことも聞いた。たとえば私は、そのころの近衛新体制というものをほんとうに、「新しい」体制をつくりだすことのように信じて、そのことを論じ聞いたりもした。しかし、太宰は、みんなまともにうけとめてまじめに答えてくれた。その答えは、的確で私たちをわくわくさせるような魅力のある新鮮さにみちていた。そして、その夜もたぶん太宰は私たちを外に連れだし、いっぱいやるということになったのだったろうと思う。というのは、太宰は誰に対してもいつもそうだったからだ。しかし、どんなふうにどこに連れてゆかれたのかは、まるで思い出せない。ずうっと、そのまま太宰の部屋の中にいたような気もする。が、ともかくも、私たちは、太宰といっしょにいるという雰囲気の中に酔いしれていた。

　太宰も、だんだん私たちに気を許すというところがでてくる。わざとらしく唇をへの字にまげて、自分の作品のよさについて大威張りしてみせる。自分や友人のおかしな失敗譚を聞かせてくれたりもする。さほどでもないような話が、太宰の口から聞くと、妙に〝人情の機微〟をうがつものになっていて、おかしくて、おかしくてたまらなかった。太宰自身もまた、私たちといっしょになって大笑いした。そんなふうになると、太宰の端正な容貌ががらりとかわって、なんともいえずくだけた親しみやすい顔になった。

「満月なり。

　三田兄と太宰氏を三鷹に訪ねる。

　感激の極なり」

と、日記には書いてある。躍るように大きな字である。そのあとにぎっしり、太宰の言葉がメモしてある。何を書いたのか、まるで読めないところもあるが、だいたいは、こんなことである。

「ロマンチシズムは新体制ですよ」

「蘇鉄のような木のそばに、スウィートピーがある。それがロマンチシズム」

「若い君たちのジェネレェションを、この太宰がわからなくて誰がわかる」

「新しさ、それは太宰以後の文学」

「知性とは神への触覚知である」

「しかし、無智の強さということもある。怖れ知らぬ人」

「われわれの運動は、第二の白樺運動。しかし、武者小路は鉛の川だ。大きく流れてゆくが底の小石や砂はこすらない。俺は、水の川。くまなくゆきとどく」

「作品の価値は、その中で作家の失ったもの、どれだけ、血を流したかによってきまる」

「自意識過剰でどうどうめぐりとは、怠け者だ」

「純粋ということに死ねたら、純粋の勝利。しかしなかなか死なせてはくれません」

この最後のものだけは、たしか三田の質問に対するものであった。

ちょうどその次の日、『文学界』の昭和十六年正月号が発売された。それには、太宰の『東京八景』が掲載されている。そのころは、東大正門前に有斐閣の小売店があって、学生や教師向きの各種の新刊書を扱っていたが、私は、そこで買って、すぐ近くの森川町の下宿まで帰る間がもてなかった。店頭で取り上げて、読みだしながら代金をはらい、そのまま、休憩室になっていたその二階にあがり、ソファに坐りこんで一気に読み続けた。『東京八景』は、太宰が昭和五年弘前高等学校を卒業、東大仏文科に入学して上京以来これまでの生きてきた道すじを、つよい簡潔な、そしてどことなくリリカルなものを感じさせる文章で書きつづったものであった。太宰の十年間の生活の文学的総括ともいえる。

「私はそれを、青春への訣別の辞として、誰にも媚びずに書きたかった」（『東京八景』）と太宰はいう。

太宰がこれまでの生活をつつみかくさず真正面から書いたのは、これがはじめてであった。私は、この作品で、太宰の最初の結婚、そしてその妻の「過失」、麻薬中毒、狂乱、精神病院への入院、非合法運動とそこからの脱走、情死、自殺、「過失」をおかした妻との心中未遂など、太宰の重い過去のいきさつを、はじめてすじ道たてて知ったといってよい。これまでに読んだ太宰の作品が、この作品の背景に一つ一つさまざまなイメージとなってたちこめてゆき、私は、吸いこまれるように読んだ。厳粛な、そのくせどこか甘い切ないような気持もあって、最後の方の「けれども私は、その時、たじろがなかった。人間のプライドの窮極の立脚点は、あれにも、これにも死ぬほど苦しんだことがあります、と言い切れる自覚ではないか」というあたりまでくると、ほとんどしゃくりあげるばかりの状態であった。

その夜、私は『晩年』一冊をあらためてすみからすみまで読みかえし、ねむることができなかった。

こうして私は、月に二度も三度も太宰をたずねるようになった。いま筑摩書房にいる野原一夫は、私よりいくらか年下だが「二十数年前の昔、三鷹下連雀の野道を、所番地をたずね歩いている一人の高校生がいた。その高校生にとって、太宰治に会うことだけが、その人から何かを聞くことだけが、自分の人生の崩壊を防ぎ得るただ一つの途だと思われていた」（雑誌『太宰治研究』第五号）とその思い出を書いている。また大学で私の一級上の独文科だった堤重久はこう書いている。「私はためらった。嘘をつこうかとちらっと思ったが、やはり出来なかった。先生にまで嘘を言ったら、この世でほんとのことを言える人は誰もいなくなってしまうと思いなおしたからである』（楡書房『太宰治の肖像』所収）私の思いもまた、同じようなものであった。

翌年二年生になるとともに、私は強引にたのみこんで荻窪の知人の家の三畳間に下宿をさせてもらうことになった。少しでも三鷹に近づきたかったのである。

2

多くの人が太宰の「思い出」というと書いていることだが、太宰は夕方になって外に出るのが実に素早かった。酒を飲みにゆくのである。

夕方近くになるとにわかに落ち着かない様子になり話の受け答えも上の空になる。そのうち「あ、ちょっと……」と、「出よう」というのを半ば口の中で言ったかと思うともう玄関口の障子のところに掛けてある二重回しのマントをひっかけて、外に出ていた。時には、「おい、ハンカチ」などと、ひっそりと隣りの部屋で仕事をしている奥さんに言うこともあったが、それにしても、取り残されたわれわれがあわてて奥さんに挨拶をすませ、玄関を出ると、もう太宰の姿は路地になく、路地をまがって道のかなり向こうの方を歩いていて、私たちはこ走りになって追いかける。なにかの都合で、私たちの出てゆくのがおくれると、駒下駄をカタカタならすようなあんばいで、（そのくせ、実につまらなそうな顔で――）待っていた。そして、道が三鷹へまがるところまでくると、ややゆっくりした歩き方になった。

もっとも三鷹にだけ行くとは限らない。道を反対側に折れて玉川上水の万助橋をわたり、井の頭公園をぬけて吉祥寺に出ることもあった。が、まず行く店はたいていきまっていた。三鷹なら、駅前にあったすし屋で冬はおでんなどもやる「きくや」、そのもう一つ裏通りの、戦後は最後まで太宰にかかわることになった「千種《ちぐさ》」附近のうらぶれたカフェー、駅前向って右側では小さな神社のそばの屋台店に毛の生えたような粗末な飲み屋、稲荷小路の、壁の丸窓から奥に出入りする飲み屋、それに吉祥寺寄りの線路をこえて古本屋のところにもう一軒。ここでは、帰りぎわうす暗い畑のところで二人並んで立小便をしていると、すぐ眼の前にそこの家がありいきなり雨戸をあけて照らし出され、平あやまりにあやまったこともある。そして吉祥寺では、まず井の頭の池から駅前にまっすぐ出てゆくところにあった茶屋、駅前通りから右にまがったところにあったスタンド、それからその反対側のたしか「だるま」という飲み屋など。後に太宰がよく行くことになった、いうところの〝おばさんの店〟「コスモス」は、まだなかった。あったのかもしれないが、コースのうちには入っていなかった。もちろん荻窪や新宿、またごくまれには浅草や私たちの誘いで本郷まで足をのばしたりすることもあったが、太宰の家をたずね、そして連れてゆかれるのは、こうした店々だった。まだ明るいうちから飲みはじめ、何軒か店をかえ、夜おそくまで飲みまわった。それでも別れがたく、深夜の井の頭公園を、万助橋のあたりまで逆に太宰を〝送って〟行ったりした。そのころの井の頭は、大きな杉の木立がいまとは比較にならぬほど深く厚く、その暗い道を太宰と二人で歩いてゆくのは、なににもまして満ち足りた思いがした。

三田が戦死した後に書かれた『散華』という作品の中で、太宰はこんなふうに書いている。「その夜の話題は何であったか。ロマンチシズム、新体制、そんな事を戸石君は無邪気に質問したのではなかったかしら。その夜は、おもに私と戸石君と二人で話し合ったような形になって、三田君は傍で、微笑んで聞いていたが、時々かすかに首肯き、その首肯き方が、私の話のたいへん大事な箇所だけを敏感にとらえているようだったので、私は戸石君の方を向いて話をしながら、左側の三田君によけい注意を払っていた。どちらがいいというわけではない。人間には、そのような二つの型があるようだ。二人づれで私のところにやって来ると、ひとりは、もっぱら華やかに愚問を連発して私にからかわれても恐悦の態で、そうして私の答弁は上の空で聞き流し、ただひたすら一座を気まずくしないように努力して、それからもうひとりは、少し暗いところに坐って黙って私の言葉に耳を澄ましている」「二人づれで来ると、たいていひとりは、みずからすすんで一座の犠牲になるようだ。そうしてその犠牲者は、妙なもので、必ず上座に坐っている。それから、これもきまったように、美男子である。そうして、きっとおしゃれである。扇子を袴のうしろに差して来る人もある。まさか、戸石君は、扇子を袴のうしろに差して来たりなんかはしなかったけれども、陽気な美男子だった事は、やはり例に漏れなかった。戸石君はいつか、しみじみ私に向かって述懐した事がある。／『顔が綺麗だって事は、一つの不幸ですね』／私は噴き出した。とんでもない人だと思った。」「戸石君は、果して心の底から自惚れでいるのかどうか、それはわからない。少しも自惚れてはいないのだけれども、一座を華やかにする為に、犠牲心を発揮して、道化役を演じてくれたのかも知れない。東北人のユーモアは、ともかく、トンチンカンである」

太宰独特の戯画化された誇張はあるにしても、私は（そして三田も）、だいたいはこんなところだったのだろう。しかし、私には、意識して道化役をかって出ているつもりなどまったくなかった、ましてやそれが一座の「犠牲」とは思ってもみなかった。ごく自然のなりゆきでそういうことになっていたといってよい。新体制の「愚問」にしても、さきにも書いたように自分では大まじめだったのである。そんなことよりも、太宰にあうとなにか冗談を言いあいたくなる、そんな気持にさせられた。「美男子云々……」について も、そのころの私が自分の容貌にある種のこだわりを強く持っていたのは事実だが、太宰がどんなに自分の容貌にこだわっていたかは、自分でいくつもの作品に書く通りだ。だから私は、私の容貌をことさらに自慢してみせたり、太宰の容貌をけなしたりして、サカナにせずにはいられなかったのである。たしかに「トンチンカンな東北人のユーモア」なのであろうが、誰よりも太宰自身がその「ユーモア」の持ち主なのであった。

とにかく太宰は、よく笑った。口にこぶしをあて、少し前こごみになって、口も目もくしゃくしゃにして大笑いに笑うのである。太宰がそのようにして笑うと、楽しくてたまらなかった。家の中でも冗談を言いあって笑わなかったわけではない。しかし太宰と二人だけで坐っていると、ひどく安心な気がする一方、例の自意識過剰が底にあって、こんなことを言って太宰に嫌われはすまいか、この時間を太宰はつまらない思いでいるのではないかなど、どうかするとぎこちなくこだわるところがあった。ところが、酒をのみだすと解放感があった。酒のせいだけではない、対座しているのではなく、横に並んで坐っているというのも、そんな気分にさせるのだ。太宰自身にもそういう一種ののびのびする気分があったように思われる。それがなんとなくわかるので、私は、自由になんでもしゃべれるような気持になった。酔がまわると、太宰は、唇をへの字にまげ、やたらに威張って、ひどく断定的なもの言いになる。つまらないことにも威張る。「酒に酔ったら豆腐を食えばよい。豆腐を食え。うむ。（重々しくうなずいてみせて）豆腐を食いながら飲むと絶対に悪酔はしないんだ」本気のような、わざとのような調子である。そのころ太宰の家で引き合わせられて友人になり、急速に親しくなった堤重久などと「太宰さんは、生まれてはじめて弟子ができて、うれしくってしかたがないので、あんなに威張ってみせるんじゃないのかね」などとかげ口をきいて笑いあったりしたが、その太宰の威張るのも楽しいことであった。

太宰は、文学であれ人間の生き方であれ、大げさに身がまえてみせること、深刻なあるいは厳粛そうなポーズをとってみせることを、極端なまでに憎みきらった。あとではその作品の題名にまでした「微笑もて正義を語れ」というのが彼のいわば旗印であり戒律であった。またマタイ伝第六章「なんじら断食するとき、偽善者のごとく、悲しき面容《おももち》をすな。かれらは断食することを人に顕《あらわ》さんとて、その顔色を害《そこな》ふなり」――だから、悲しく苦しいことのあるときに、ことさらにそのような顔をしてみせるのは、にせものだというのである。実際、太宰は、えらい人ただの人誰彼なく、ささいな何気なさそうにみせている言動のなかからも、その「偽善者」的なにせもの性を敏感に見破った。それはしばしば酒のさかなになり、大笑いのたねにされた。そして太宰は威張って訓戒するのである。

「なんじら断食するとき、頭《かしら》に油をぬり、顔を洗へ」おまえたちも苦悩が深ければ深いほど、髪にちゃんとポマードつけて、無精ひげなどはすってクリームもぬって、いつも明るくほほえんでいなければならない。うむ、そういうものなんだ。

だが、それにしても太宰のあの臆病というものは、どういうことだったのだろう。いっしょに並んで歩いていて、にわかに口数が少なくなり、私の肩のかげにかくれるような気配になる。と、向こうの方に犬がいる。ずいぶん向こうの方にいるのに、もう、そうするのだった。またあるときは、玉川上水の堤を散歩しながら、木下利玄の例の「牡丹花は咲き定まりて静かなり花の占めたる位置のたしかさ」という歌の立派さを教えてくれ、彼がついで軍艦がいかに軍艦らしくどっしりしているかを描写にしているかについて「いいか、おまえ『八幡ゆるがず』っていうんだ。どうだ『八幡ゆるがず』なんだ」と、言ったとたんに、太宰は大げさな悲鳴をあげて、私の肩にしがみついた。私もびっくりしてあたりを見まわすと、――次の瞬間思わずゲラゲラ大声あげて笑った。「八幡ゆるがず」どころか、草叢から道に出ている古縄を蛇とまちがえているのである。そんなこともあった。

しかし、いくら大地主の子どもであるにしろ、太宰は津軽の田舎育ちであった。たとい犬や蛇が嫌いではあっても、太宰のその様子はどうも大げさすぎたようだ。あるいはかりそめの身ぶりが、くりかえすうちに、ほんものになってしまった、ということもあったのではないかとも、思われるのである。だがそのころの私には、その太宰の臆病ぶりも楽しいものであった。そして私が大笑いし、いつまでもそうした臆病ぶりを冗談のたねにしていると、太宰は「いいよ、いいよおまえは強いよ。剣道三段だよ」とどこかだんだん不気嫌な意地悪な口調になることがあった。

たしかに私は剣道三段で高等学校の時はインター・ハイで優勝した経験もある。いつかなんの気なしにそのことを話すと、太宰はひどく驚いた。なるほど、剣道三段の文学青年というのは珍らしかったかもしれない。太宰はその後それを私をからかうたねにして喜んでいたが、一方かなり本気に私の腕力を畏怖していたところもあった。だから私も、なにかというと「剣道三段」をふりまわして威張ってみせた。だいいち太宰は、五尺七寸（一七二センチ）そこそこでしかないのに、「大男」であることをひがんで猫背になったりしている。私は五尺九寸（一七九センチ）もあった。「だいたい、だらしがないよ、先生は」「いいよ、いいよ……」ということになるのであった。

それはいいが、私の腕力を信頼するあまりへんなことになることもあった。飲み屋などで不良じみた若い者がいたりすると、誰もなにも言わない先に「こう見えても、剣道三段でね、とても強いんだ」などと、向こうに聞えよがしに、わざわざおかみに話しかけたりするのである。いくら剣道三段でも、ほんとうは私も太宰に劣らず小心であった。太宰は、時にはありもしない私の武勇伝をデッチあげて、私をハラハラさせた。そんな時の太宰のものの言い方は、実に下手くそで、誰が聞いてもわざとらしく、相手を挑発しているようにさえ聞こえた。

太宰の作品にますます熱中していったことはもちろんだが、それよりもさらに強く太宰という人間にひきつけられていった、というべきなのだろう。例によって、夜おそくまで酒をのんで、三鷹から太宰を送っての帰り道、上水のそばで煙草を喫おうとすると、二人ともマッチがない。「よし、借りてやろう」と、太宰はいきなり道のそばの灯りのついている二階に声をかけた。

「マッチかして下さい」

二階に人影が動いて、ちょっとの間の後に、

「本気ですか」

「ええ」

「あげますよ、ほら」

マッチをうけとめ、太宰が「ありがとう」と言う。なんともいえず、さわやかで素直なや

りとりであった。

「よかったなあ……。いまの人いい人だったなあ、ねえ先生」

「ああ。あれは、お前、俺の立派さだよ。俺があやると、他の人は抵抗できなくなるんだ」

「あ、それはひどい、ひどいもんだ。その自惚さえなくなると、先生ももっといい男なんだがなあ」

「バ、バカ、バカだな、お前は」

こんなつまらぬやりとりも、嬉しくて仕方がなかったのである。

太宰にすすめられた本は、たとえ前に一度読んだことのあるものでも、ひどく新鮮になった。「君の作品には距離感がないんだ」といって読ませられたのは、プーシキンの『オネーギン』であった。「愛は許すことだ。そのことが、どういうことであるかがよくわかる」と言ってシンキヴィッチの『クオ・ヴァ・ジス』をすすめられた。大正時代のアナーキスト古田大次郎の『死の懺悔』をすすめられたこともあったし、そのころ出版されたばかりの、アーベルとガロアについて書いた『大数学者』という文庫本も貸してくれたこともある。これらの本を、太宰は床の間の上にある小さな本箱から出してくれた。本箱の開き扉はガラスのうしろが布張りになっていて、どんな本がなかにあるかわからないのだが、私などには、神秘的な気持さえおこさせる本箱だった。そうした本を次々に取り出してくれただけでなく「こういう本、先生、持ってませんか、貸して下さい」と言うと、ほとんど必ず、その望みの本がそこから取り出されるのである。太宰は、ずいぶんよくいろいろの本を読んでいたが、部屋には、その本箱一つしかおいていない。そこには何でも入っている、そんな感じがした。太宰の新著がでるとそのそばに五、六冊つんであるのが例だったように思う。その一冊に署名し、私の名を書いたそばに「恵存」と書いて、もらうこともあった。そんなとき、私は、このうえなく幸福であり得意であった。

さすがにそのころでは、自分が太宰のいちばんの理解者であるとは自惚れてもいなかったが、太宰に愛されたいとは思っていた。できるならば、いちばん愛される弟子でありたいと思ったりした。だが、太宰が田中英光について語るときには、なんともいえない独得の親愛感があって、私は嫉妬した。また太宰が、古くからの友人の山岸外史氏や画家の阿部合成氏(現・龍應)などと話をしている場所に居合わせると、そこには明確に大人のそしておたがいに信頼しあった芸術家同士の世界が成立しているのであり、私などは、まったくとりのこされたような、やりきれない気持になってしまうのだった。けれども、その二人からも、私は、ずいぶんさまざまなことを教えられた。西荻窪の阿部氏の家にはじめて連れてゆかれた時のことは、よくおぼえている。枯れたとうもろこし畑に、どっかと坐りこんでいる大きな赤牛を描いた阿部氏の作品を見せられ（それは、私には、なんともいえず力強く、しかもはげしいロマンチックな作品に思われたのだが）それから例によって酒になり、電燈を消したアトリエでベートーヴェンのソナタ「熱情」をレコードで聞かしてもらった。「あのごっつい顔で、ベートーヴェンがすすり泣いているんだ」と、阿部氏は言った。そして阿部氏に劣らず山岸氏の言動もまた圧倒的だったのである。じいっとひとの顔を真向から疑視して「君は、Man is Mortal ということが、いつも頭からとれない人だね」などと独断するのも魅力的だった。「こなごなに砕け散った鏡の破片の一つ一つに、みな自分の顔がうつっている。それが自意識過剰だ。これは苦しい。だが、やはり破片は破片で鏡でしかない」と言われたこともある。『人間キリスト記』や『芥川龍之介』などの作品は、太宰の作品とはちがった意味で、私たちをゆすぶりもしたのだ。それにしても太宰はやはり太宰だった。これらの人も私は「先生」と呼んだが、それは、太宰の場合とは明らかにちがうつもりでいたのである。

「カケごとはよせ。精神が卑しくなる」

そう太宰に言われたことがある。大学に入って広島高校出身の阿川弘之や東京高校からの千谷道雄などと、どういうものかにわかに親しくなり、親しくなるとほとんど同時にいっしょに麻雀をおぼえ、みな同じ程度の下手さだけにたちまち熱中した。麻雀というと、千里の道を遠しとせず、どこにでも出かけていっては、うれしがっていた。それがつい言葉にでて、太宰に真正面からたしなめられたのだ。言われるまでもなく、明け暮れ麻雀ばかりしていて、どうにもならない感じがうすうすはしていた。麻雀に遊びくらして一年ではただの一単位も試験をとらなかった。ところが、太宰からそう言われた次の日、もう麻雀はやめて勉強しようとかなり真剣に考えているところに、阿川が「おい、一荘どうだい」と電話をかけてきたのである。その口調がひどく甘ったれているように思われた。

「俺は、もう麻雀やめる！」

「へえ、おどかすなよ、これから行くよ」

「来るなら来い、とにかくやめる！」

言っているうちにも、気持がたかぶってきて、阿川の腑抜けたような精神を切り砕んでやりたくなった。興奮して待ちかまえていると、阿川がニヤニヤ笑いながらやってきた。その鼻先に、いきなり、このあいだ買ってきたばかりの『みづゑ』のブリューゲル特集号の『怠け者の天国』という版画の写真をつきつけてやった。例の、腹をふくらました怠け者が、木のテーブルの下にころがっている絵である。「おい、おれたちはこれだよ。この通りだ。俺はもう麻雀やめるぞ」そうでなくても気が短かく怒りっぽい阿川は、文字通り頭から火を噴くようないきおいで帰っていった。

だが、三日もしないうちに、私は、なんということもなく阿川と仲直りし、ついでに麻雀までやってしまっていた。阿川は、牌をかきまわし、つもった牌をすてながら、

「おまえねえ、おまえは太宰さんのところに行ってくると、急に威張るようになるから、いやなんだよ」

私は、黙ってニヤニヤ笑っていたが、どこか心にうずくものはあった。あれほどの決意が他愛なくくずれて、太宰の信頼を裏切っているのである。そのくせ、一方では太宰は、許してくれるのだろうと思う気持もないわけではなかった。太宰は、どんなことでも許してくれるだろうということを、ひそかに頼みもし甘えていたのだった。

もちろん次から次に作品を書いては、太宰のところへ持っていった。しかし一度もほめられたことはなかった。同人雑誌に発表した小説を「ずうっと読んでいって、途中ごろからちょっとよくなったな、と思ったら、俺がまちがえて一ページよけいめくったので、ひとの作品じゃないか。こういうのを書かなくちゃいけないんだよ」と言われたこともある。なんとかして、太宰に、作品をほめられたかった。一年もしないうちにあの大戦争になろうなどとはまさか思ってもみなかったが、戦争のにおいが、日ごとに濃くなってゆくのはどことなくわかった。いままでの『日支事変』だけではない、何かがはじまる。そして、いやおうな

く兵隊に〝とられる〟、それが、私たちの大前提であり、運命であるように感じられた。そのまえに、一つだけでいい太宰にほめられるような作品を書いておきたかった。紙の配給の関係で、文学同人雑誌などはすべて廃止されるという噂もあった。

私は、高等学校三年のときからある女性と恋愛していたが、もう一つ彼女の心の奥がつかめない気持がしてもどかしい思いをしていた。そのために何度も、東京と仙台の間を往復した。こんどこそは、彼女の心をしっかりつかんでおきたいと思って意気込んで帰るのである。彼女の勤めからの帰り道の目立たない場所を選んで、そこを通るまでは何時間でも待った。私が立っているのをみると、彼女は「あ！」と驚くが、嬉しそうにはしない。

「遅くなると、叱られる」というのを強引に誘い、暗い道を歩きまわり、そして接吻する。それに彼女も積極的に応えはするのだが、しかしそれだけなのだ。私があせればあせるほど

「わからない……そんなことを言われたって」と黙りこんでしまうのだった。私は、いつもみたされない空しい思いで仙台から帰り、しばらくするとまた、どうしても仙台に行かなければという思いにかりたてられた。そうした恋愛の一方で、私は、平気で金で身体を売る女たちの居るところに出かけて行った。私を可愛がってくれた叔父の一周忌の前の晩に出かけて、そこから寺に行ったこともある。性欲の衝動にだらしなかった。女中に理不尽なことを強いたことが胸のどこかに黒いしこりとなって残っていながら、それとはまた別な気持で平

気でくりかえし出かけた。だから、仙台にしばしば帰ることとあわせて当然、金に困りもした。友人に借金をし、家から送ってもらう衣類を質入れし、私は金銭にいやしくこだわる癖がついた。

私は、その一つの作品のために、こうしたすべてのことを、正直に書いておこうと思った。貧しくとも、それを私の青春の確かなしるしにしたいと思った。そこには、やはり『東京八景』に強く動かされての発想もあったようだ。

かなり長い間かかって、ようやく書きあげたその作品を、その日のうちにすぐ私は持っていった。太宰は、「うん」とうなずいて手にとってくれたが、机の上にのせたきりその場ですぐには読んでくれないのだった。しかたがなかった。いつごろ行ったら、読んでもらえているのか、あせる気持をおさえて、一週間ほど待った。

今度はたしかに読んでいてくれてはいたが、「前のよりはずっといいようだが、しかし、まだ、まだだな」と言われて、私は、なにかすうっと落ち込むような気持になっていた。「叙述的で表現になっていない」と具体的に一つ一つの文章で指摘され、やはり身体中が熱くなった。

その夜も「ちょっと……」ということになって、三鷹の「きくや」に行ったが、ずいぶんしばらくしてから、太宰が言った。

「あれは、君が恋愛している相手の人について書いたものかね」

「はあ」

「それは、よくないよ。恋愛している相手を書いちゃいけない。もし、相手の人を本当に尊敬してるんだったら、書いちゃいけないんだ。書くな」

太宰は、にこりともせずまじめに言い切った。

が、私がしょげているのが気の毒だったのだろう。すぐいつもの調子になって、

「いいか、俺は婦系図の酒井先生だ。恋愛なんかやめてしまえ。『女と切れるか、俺と切れるか』だ。おまえなんかバカだから、きっと俺と別れるなんて言い出すんだろう。バカだよ。どうしても別れられないのかねえ。結婚したいだなんて、不潔だとは思わないかね。女と切れろよ。恋愛なんかやめろ」

酔うほどにバカと別れろの連続であった。同情や憐愍で結婚しようなどというのは、恋愛のヒロイズムでしかない、必ず失敗するという言葉もあった。まさか「同情や憐愍」から恋愛しているつもりはなかったが、それでも、太宰の言葉が、私の心の中のある種の危惧に妙にふれるものがあった。しかし、一方では「バカと別れろ」を連発する太宰の気持がうれしくもある。そこで、

「ははあ、先生はシットしてるんだな」

「バカだな、お前はほんとうにバカな奴だよ」
というぐあいになるのだった。
その夜、太宰は、二つ讃美歌の文句を教えてくれた。
「わがあしかよわく　けはしき山路《やまじ》
のぼりがたくとも　ふもとにありて
たのしきしらべに　たえずうたはば
ききていさみたつ　ひとこそあらめ」

「わがゆくみちに　はなさきかをり
のどかなれとは　ねがひまつらじ」
二つとも後に、作品『正義と微笑』に書きしるされている。

ちょうど私や三田が、三鷹に通いだしたころから、さきに書いた堤重久や小山清、菊田義孝なども通いだしている。みな少しずつ気の弱いところがあり、ひたすらに太宰に傾倒していた。それまでの太宰の周囲にはなかった雰囲気が生まれはじめていた時期のように思われる。そしてまたこれは、戦後の太宰をとりまいたムードともはっきり違っているようだ。

『令嬢アユ』『うまん燈籠』『誰』『新郎』『律子と貞子』『正義と微笑』『黄村先生言行録』などの諸作品は、そのような雰囲気の中から生まれてきたと言ってもよいだろう。私たちの存在は、それこそ太宰の「日頃の荒涼」をなぐさめる色どりになっているのではないか、とかなり長い間、そう思っていたものだ。

しかし、私たちはそのころの太宰の心もちについて、何ほどのことがわかっていたのだろう。私は、『新郎』という作品の中に、次のように書いているのを、長いあいだ気づかないでいた。

「私は未だいちども、此の年少の少年たちに対して、面会を拒絶した事が無い。どんなに仕事のいそがしい時でも、あがりたまえ、と言う。けれども、いままでの『あがりたまえ』は、多分に消極的に『あがりたまえ』であったという事も、否定できない。つまり、気の弱さから、仕方なく『あがりたまえ。僕の仕事なんか、どうだっていいさ。』と淋しく笑って言っている事も、たしかにあったのである。私の仕事は、訪問客を断乎として追い返し得るほどの立派なものではない。その訪問客の苦悩と、私の苦悩と、どっちが深いか、それはわからぬ。私のほうが、まだしも楽なのかも知れない。」「私は、学生たちの話を聞きながら、他の事ばかり考えていた。あたりさわりの無い短い返事をして、あいまいに笑っていた」

私が、この一節にはじめて心をとめたのは、戦後のそれも太宰が死んで数年も後になってのことである。「学生」のときもこの作品はたしかに読んだはずだが、いったいなにを読んでいたのだろう。これは、自分のことではないなどと考えていたのだろうか。

太宰は、また『待つ』という作品も書いていた。これは、昭和十七年六月、博文館から刊行された『女性』という単行本に収録されたただけのきわめて短い作品で、死後全集がでるまではただ一度しか発表されなかったものである。いつごろ書かれたのかも定かでないのだが、これにはこうある。

「一体、私は、誰を待っているのだろう。はっきりした形のものは何もない。ただ、もやもやしている。けれども、私は待っている。大戦争がはじまってからは、毎日、毎日、お買い物の帰りには駅に立ち寄り、この冷いベンチに腰かけて、待っている。誰かひとり、笑って私に声を掛ける。おお、こわい。ああ、困る。私の待っているのは、あなたでない。それでは一体、私は誰を待っているのだろう。旦那さま。ちがう。恋人。ちがいます。お友達。いやだ。お金。まさか。亡霊。おお、いやだ。

もっとなごやかな、もっと明るい、素晴らしいもの。なんだか、わからない。たとえば、春のようなもの。いや、ちがう。青葉。五月。麦畑を流れる清水。やっぱりちがう。ああ、けれども私は待っているのです。胸を躍らせて待っているのだ。眼の前を、ぞろぞろ人が通って行く。あれでもない、これでもない。私は買い物籠をかかえて、こまかく震えながら一心に一心に待っているのだ」

太宰はかつて左翼非合法運動に参加し、まもなくそこから脱落した。そのことと無理に結びつけることはないが、それにしても太宰は、なにを「待っ」ていたのだろうか。

このころの私には、少しもわからないことであった。

3

その年の九月、文学部二、三年生に対する泊りこみの軍事演習が行なわれたが、その最中わざわざ各科の主任教授がやってきて、「三年生はにわかに十二月中に卒業せしめられること、従って卒業論文は草稿を以て提出しても可なること」ということが通知された。それにともない、われわれ二年生は来年六月あるいは九月に、授業を打ち切って卒業させられるという噂がながれた。そして、まさかと思っていたその噂が、事実となって、まもなく大学当局から発表された。それからの時間は、あわただしくすぎた。十一月のなかばすぎ、たしか新宿の伊勢丹の前を通っていると「おう、おう」と声をかけられ、ふりむくと、太宰があまり気嫌のよくない顔をして立っていて「文壇は、おまえ、大変だぜ」という。小石川の区役所かに、大衆作家、純文学作家、評論家をとわず、文学者がみな集められて、徴用をうけるための身体検査があった。「おれは胸が悪いってハネられたけど、井伏さんは行くんだ、なんでも南方に行くらしい。バカにハリきって、名前を云うにも○○でありますなんて軍隊口調で言うのがいたりして、てんやわんやだった。ハネられたのは、ほんのわずかなんだ」と言うのであった。それから、まもなく開戦の十二月八日になった。平常心を失うまいと思いながら、そのくせ一方では「大戦果」に胸を躍らせ、「大君の辺にこそ死なめと心から思う」などと日記に書きもしたのである。三田は、その年の暮、卒業と同時に故郷の岩手県花巻に帰り、翌年二月一日には、盛岡の歩兵連隊に入営させられてしまった。私は、兵隊検査で第二乙種になり、第二乙種からは予備役なので、入営しないこともありうることに期待をつないでいたが、やはり現役兵と同時に召集されることにきまった。七月末までに卒業論文を提出し、九月に試験、同二十五日に卒業式で十月一日入営という日程であった。

そのあわただしい日々のなかで、やはり私は恋愛のことを思いわずらい、麻雀をし、そしては三鷹に出かけて行った。

「太宰さんのところに行こうと思っていたのだが、今日は行けなかった。太宰さんを独占していたい。甘えたい。このごろはほんとうにだめだ。孤独か。うそを言うな。なんのために文学せねばならないのか」「太宰さんのところにゆくと、すでに阿部合成氏来ていて、ブドー酒一升瓶で飲んでいる。酒不自由だろうと甲府の人からもらったとのこと。案外、うまい。西荻の阿部氏の家までついて行って、また飲み、駅前で飲み、それからオッパラワレタ。こけの一心。蟻とキリギリス。複眼を持たねばならぬ。」「太宰さんは、後世への所産として書くという。しかし、おれなどには、後世の所産ということ考えられない。いやむしろ、残らない可能性の方だけである。／無為に書く決心をした。／発表などということも、どうあっても考えられず、ささやかに片すみに生きて、片すみで死んでいった者の記録があるというだけ。それも世の人誰にも知られないですむということになるか。／人目にふれずとも仕方がない。淋しいような気もするが、書くことは義務だ。そこまでなんとかたどりつきたしと思う。／この一筋につながる、ということ。／なんじ誓うなかれ、ただ。然り、然り、否、否、とのみ言え」などということが、日記のそこここにしるされている。

すぐに九月がきて、「どうせ俺たちはみんな兵隊にとられるんだ。落第なんかさせっこないよ」と、たかをくくっていた試験も、終った。卒業式の前、九月十四日の夜、私や阿川や千谷、それに同じく卒業して兵隊にゆかねばならぬ二、三の者が集り、太宰と山岸氏に来てもらって、別れの会をした。私は一つおいて前の晩にも太宰をたずね、新宿で飲んでいたのだったが、その夜も新宿で、ずいぶん賑かに飲んだ。最後には、二丁目附近の屋台店で一人一人別れの歌を歌うことになり、いやがる太宰に山岸氏が何とか彼とか無理強いすると、しぶしぶ心細い声を出しはじめた。なんと言おうか、〝泣くが如く啜るが如く〟みんなで腹をかかえて笑って、私は、もう心残りはないと思った。

「拝復どうして居られるか、いつも考えて居ります。何か、東京から送ってもらいたいものが、あったら遠慮なく、言い寄こし下さい。先日、堤が遊びに来ましたので、『おまもりは？』と聞きましたら、二十七日（？）に送りました、と言っていました。お家のほうへ、とどいている事でしょう。戸石に合う軍服があるまいから、すぐかえされるんじゃないか、などと話していましたが、男女川が以前、仙台の聯隊にはいったことがあるそうですから、その時の軍服が残っていたのかも知れない。いずれにせよ、お大事になさい。タマに死すとも病いに死ぬな、と言う言葉もある。ではまた、おたよりしましょう。不一。」

この太宰からのハガキは十月九日の日付になっている。してみると入営早々に私が心細そうなたよりを出し、すぐに太宰がこれを書いてくれたのだろう。堤は、二月一日入営したがその隊の軍医の好意（？）とかで、まもなく召集解除になった。太宰は「堤は、なんにも役に立たないというので軍隊まで馘になった」などと例によって笑い話にしていたのだが、軍服の話や「タマに死すとも、病いに死ぬな」などというわけのわからない言葉も、「できれば堤のように帰れればいいな」という私への慰めなのである。

だが、もちろん私は堤のようにはうまくゆかず、いやおうなく幹部候補生試験というのを受けさせられ、翌年の五月には現役兵といっしょに予備士官学校というのに送りこまれてしまった。そして、三田の戦死を知ったのはだだっ広い王城寺ヵ原という野営地で、暑いさなかのことであった。みんなで頭をよせあって読んでいた新聞の、アッツ島戦死者の名前が書きならべられている、ほとんど終わりに近いところに三田の名は、やはり、出ていた。その年二月、三田の弟からたよりがあって、三田が北の方のどこかの島に送られたらしいということは知っていた。アッツで「玉砕」という報道のあったときから、その中に三田が入っているような感がしてならなかったのだ。三田が最後に北海道の港からたつとき、家に送ってよこしたハガキには、こんな詩めいた言葉が書きつらねてあったという。

「出陣の夜である。
　雪まじりの風は黒い三本煙突に
　うなっている。
　星は消えた。

　極烈に死ぬべく準備中」

三田は、「二階級特進」して、兵長になっていた。してみると彼は一等兵で、つまりは、アッツ陸軍部隊の最下級の兵隊として死んだのだった。いかにも一途できびしいところのある三田らしい死にざまであった。すぐ私は、太宰にたよりを書いた。

しかしその私も十二月には予備士官学校を卒業し、南方に送られることにきまった。何人かの見習士官とともに仙台を発ったのは、昭和十九年一月七日の夜である。大阪まで直行しそこから船に乗ることになっていた。東北線から東海道線に乗りかえる間、約六時間近く自由になる時間がある。見習士官だけで部隊を編成しているのであり、うるさい上官の監督があるわけではなかった。私は、ためらわず太宰に上野駅まで来てほしいという電報をうった。私は、太宰が来てくれることを信じて疑わなかった。私たちの乗った汽車は上野駅にたしか五時半まえ、に着くことになっていたのである。三鷹からは一番電車に乗らねばならず、それに乗るためには、太宰は三時近くには起きねばならぬはずだった。しかしその時、私はそんなことを考えもしなかった。

ところが、そのころよくあったことで、途中、汽車は三時間ほども遅れた。それでも、私には太宰が居ないなどという事態はまったく考えられなかった。ただ私が気づかっていたのは、太宰の待ち合わせている場所がわからず、見つけられなかったらどうしようということだけだった。「なにしろ、要領が悪いからな、先生は」と思っていた。――がやはり太宰は、いた。

太宰は、改札口のところに、二重回しのマントの袖を胸前に合わせ、寒そうな、心細そうな顔つきでしゃがんでいた。私が見つけるのと、太宰が気づくのは、ほとんど同時だった。太宰が「おう」と立ち上り、私は「先生、おううっ」と隊列を離れて駈けだしていた。すると、太宰はにわかにひどく狼狽した表情になり、両手を制止するように前につきだしてふった。私が隊列を離れたことであわてているのだということはすぐわかった。しかしどうせ私たちには指揮官などはいないのである。私は、太宰の例によっての臆病な狼狽ぶりが、ひどくなつかしく、うれしかった。

太宰は、「おい、大丈夫か」と隊の方をちらちら気にしながら言う。「大丈夫、大丈夫、相かわらず先生は臆病でいけない。あれらは、駅前で一時自由解散というのになるだけですよ。ぼくらと同じ奴ばかりで、だれもえらいのなんか居ないんですよ」私は、軍隊生活を経験したことで、現実処理というような実際的な点では、太宰の高みに立っているつもりになっていた。だが落ち着きをなくしていたのは私も同様である。集合場所を聞き、朝食の弁当をもらうために、太宰をそこにおいて、すぐまた部隊のあとを追ったが、その時、どういうつもりだったのか、手にさげていた軍刀を太宰におしつけて駈け出した。私は、腰に吊したのの外に予備の軍刀をもう一本持っていた。それは、大量生産の昭和刀というやつで、派手な紫の袋に入れてあった。しかもその袋には、これまた目もさめるばかりの真赤な太い紐がまきつけられているのである。太宰は、ただ一人、しばらくのあいだ、その紫の袋の軍刀を持たされていたわけだ。私は、まもなく、弁当を二つ持って帰った。軍隊というのは、不思議なところで、必ず〝員数外〟というのがある。この時も、ちょっと無理をいうとすぐ余分に一人前くれた。もちろん太宰と二人で飯をたべたいのは、何よりの望みだったが、もう世間ではかなり不自由になっていた白米だけの朝食を、すぐに才覚してくる実務家ぶりを見てもらいたいような気持もひそかにあった。

とにかく、私はひどく気負っていた。軍隊生活のさまざまな経験をつむにつれ、今度太宰にあったら、どうしても言ってやろうと、次第に思い定めるようになっていた事があった。いつそいつを言ってやろうか、ということだけが頭にあって、太宰が、例の紫の袋をマントの袖にかくしだきかかえるようにしながら、なんとも始末のつかない表情になるのを見て、すぐ太宰の気持に察しはついたが、あえてそれを無視して、どんどん歩いていった。太宰は、三鷹で飲めるように一軒たのんできた、という。だが時間がなかった。上野公園の茶店で飲めるところを探そう、ということになった。たぶん、西郷隆盛の銅像の方へ石段を上ってゆく途中でであったと思う。

「先生、先生は生活っていうこと、どういうことだと思いますか。生活ってのはね、先生、ノオと言うことなんです。ぼくは軍隊でそれがわかった。生活なんて、なんでもないことですよ。身辺の者とのつき合いにすぎんことじゃないですか。そして、『断る』ときには、はっきり『断る』ということだったんですね。断乎、ノオですよ」

私は、太宰を叱咤激励して、そして同時に私の〝成長〟に感心してほしいようなつもりでいたのであった。

「先生はね、テレるでしょう。だからいけないんです」

私の記憶だと、その時まで、まだ軍力の袋を太宰に持たせたままであったように思われる。

「いいよ、いいよ、おまえはえらいよ」

と、実につまらなそうな、いやな顔で言って、太宰は軍刀を返してよこした。

私が復員して南の島から帰ってきたのは、昭和二十一年七月である。仙台も空襲をうけたが、郊外にある私の家はさいわいに無事だった。私は、南方にたつとき、留守中に発行される太宰の単行本、小説の掲載誌などを全部買っておいてくれるように頼んであったのだが、それをみたとき、遠くにあった「日常」がようやく私のところまでかえってきたような気がした。しかし完全にかえってきたわけではない、中途半端な、うすぼんやりした膜みたいなものが、まだ頭の中にかかっている、そんな気持の中で『未帰還の友に』という小説があるのを発見した。ザラザラした粗悪な紙に印刷した、うすっぺらな雑誌である。その小説は、次のようなところからはじまっていた。

「君が大学を出てそれから故郷の仙台の部隊に入営したのは、あれは太平洋戦争のはじまった翌年、昭和十七年の春ではなかったかしら、それから一年経って、昭和十八年の早春に、『アス五ジウエノック』という君からの電報を受け取った。」

私がたったのは昭和十九年のことだが、上野駅で長い間待ったこと、私が紫の袋入りの軍刀を渡して、生活について論ずることが、そのままに書かれていた。後半は、私のような人物が三鷹の「きくや」の娘と恋愛して（そういえば、髪の毛の長い、そこの娘だという女性が奥の方にいて、冗談に「おれ、あの人にほれようかな、酒も苦労しないでのめるし」というと、例によって「バカ、おまえはすぐそういうことを言うからいけない」と言われたことを思い出したが）ともかく、その娘に「ノオ」と言うことで悩む、というフィクションになっている。そして、この小説は、こう結ばれていた。

「僕は二度も罹災して、とうとう、故郷の津軽の家の居候という事になり、毎日、浮かぬ気持で暮らしている。君は未だに帰還した様子も無い。帰還したら、きっと僕のところに、その知らせの手紙が君から来るだろうと思って待っているのだが、なんの音沙汰も無い。君たち全部が元気で帰還しないうちは、僕は酒を飲んでも、まるで酔えない気持である。自分だけ生き残って、酒を飲んでいたって、ばからしい。ひょっとしたら、僕はもう、酒をよす事になるかも知れぬ」
この「君」とは、もちろん、私のことだ、と思った。こんな思いで、私を待っていてくれたのだ。私は、すぐ太宰に手紙を書いた。無事、帰還したこと『未帰還の友に』を読んだこと……。しかし、この返事がなかなか来なかった。待っているうち、友人の弟の話を聞いた。大学の自治会かなにかの用事で、彼らは、津軽金木町に太宰をたずねたのだが、私が帰ってきたことは知らないでいたという。私は、すぐにも、太宰に会いたかった。私は、再び、手紙を書いて帰ってきたことを知らせ、金木をたずねてもいいかと、問い合わせた。ようやく太宰からの返事がとどいたのは、帰ってから一月以上もたっていた。

「拝復　御ハガキいまつきました。さきのハガキは遂に来ない様子です。さて無事御帰還を祝す。すこしは利口になって帰って来たかな？　先日東北大の山本君他一名が金木へ来て、君の無事なることを知らせてくれました。金木へはいつ来たってかまわないけど、君たちは酒を飲みすぎるんでやっかいだ、おれの飲む酒が無くなってしまう。九月には、私も仙台へ遊びに行くつもりです。酒をたくさん背負って行くつもりだから、それまで対面を待ったらどうか。しかし、待ち切れなかったら、いつでも来たらいい。突然やって来てもかまわない。歓迎するさ。からだ工合いはどうかね。大事にしたまえ」

もちろん久しぶりの太宰の手紙は、それだけで嬉しくないことはなかった。だが『未帰還の友に』を読んで、こんなにも気にかけてもらっていた、ということばかりが頭の中にある私としては、どこかもの足りないものがある、どこかなにか、そっけない隙間があるようにも思われてならなかった。とりわけ「金木へはいつ来たってかまわないけど」という言いまわしにひっかかった。遠い金木まで行くための切符の手配、食料の調達、それに太宰が「居候」している金木の実家に太宰自身がそれまでどんな気のつかいかたをしていたかは、作品『帰去来』『故郷』等々でずいぶん読まされている。この程度の「歓迎」でおいそれと出かけてゆく気持にはなれなかった。いうならば、そこにもっと大歓迎の言葉が書かれてないのが不満だったのである。そんなことを気にせず押しかけてゆける大学生たちが、癪にさわった。

一回のハガキの往復にもひどく時間がかかる。それに私は、就職口を見つけるということでもなかなか動きがとれなかった。九月に仙台に来るという太宰は、祖母が死んだということで、それがさらにのびる。そのうち十一月には上京するからその時にしようというハガキがくる。それを待っていると「十日からまた汽車の時間が変り、何が何やら、まるで時間の予定が立たず、仙台通過はいつになる事やら、もういまは行きあたりばったりで行くより他は無くなり、それに何せ小さい子供を二人もかかえているので、汽車が満員なら乗り込めない事もあるでしょうし、上野まで何日かかる事やら、五里霧中の旅なので、仙台下車もうまくいきそうが無いんです。やっぱり東京で逢いましょう。」というハガキがきた。

なんということだ、と私は怨めしくさえあった。


ところが、その日（たしかに十一月十三日のことだ）ようやく勤めだしたばかりの新聞社に行くと、机の上に
「今朝仙台に下車。駅で待っています。すぐおいで下さい。太宰」

と、まさしく太宰その人の字でザラ紙のメモ用紙に走り書きしたものが置いてあった。下の受付から回って来たのだという。私は、すぐ社を飛び出して、駅に向った。こ走りに走りながら、おのずと顔がほころんでくるのをどうしようもなかった。

駅前に、太宰は立っていた。黒い兵隊服を着ているのが、着流しのマント姿ばかりを見なれていた眼には少し奇異であったが、背中を少し猫背に丸めて、あいかわらずの太宰が、やはりそこに、居た。ワッという思いで私が手をあげると、太宰も私を見つけて、あのはにかんだような笑いで、ちょっと手をあげた。すぐ目をそらす。私も下をむいて駈けた。

「待ったですか」

「いやそれほどでもない」

何から話していいかわからない。話すことは山ほどあるような気がするのだけれども。

「先生、ミニクくなったですね。醜貌さらに醜を加えた感がある」

そんなことしか言えないのである。そのくせ、太宰の顔をまともには見ていられない。太宰の服はラシャ地の兵隊服を黒く染めたもので、ズボンの一番下のところに付いてある紐を律義にしめ、兵隊靴の紐もちゃんと二度巻いて結んであった。

「バカにまた不細工な服装じゃないですか。いよいよヤケですか。もっと何とかしたのないんですか」

「何もないんだ。そんなことよりどこか休む所ないか。子どもたちが疲れているんだ」

駅の構内のベンチに奥さんが長男の正樹ちゃんをねんねこに抱いて坐っていた。太宰によく似た顔つきの、眼の大きな園子ちゃんが奥さんによりかかるようにして、リンゴをかじっていた。入営のあいさつに三鷹に行ったときには、まだ這い出したばかりの赤ん坊だったのだ。

とりあえず駅前のホテルに交渉して、荷物を運び休むことにした。やはりまず一杯ということになって、太宰が持参したドブロクをのまされた。何回も漉すとそうなるということで、色も透明でとろんと濃厚な味がした。酒が入ると、昔と同じでぎこちなさがとれ、おたがいに舌もなめらかになった。「汽車が混んでね。すわれない奴がバカに威張って演説するんだ。男が坐っていて女が立っているのは〝民主主義〟ではない、もっと自覚しないといけないなんてね、やたら叱るんだ。なに自分が坐りたいだけなんだ。坐ったら黙ってなにも言いやしないんだよ」「もう日本はないんだよ、どこにも日本なんてないよ。無政府主義さ、無政府主義が一番なんだ。農村なんか、もうそうだぜ。誰に教えられなくても、ちゃんと無政府主義になってるよ」

奥さんも二人の子どもたちの世話をしながら、時々、私たちの話に笑顔で口をはさんだ。三鷹のころ、奥さんはほとんど私たちの居る場所には出て来なかった。お茶を出すときにも、襖から手だけ見えるという工合だった。表立たないということで、自分を律しているようにさえ、私などには思われたのだが、それが、これほど生き生きと楽しそうにして居るのは、やはり、東京に帰ってまた親子水入らずになれるという喜びがあふれているもののように思われた。

「俺も、そろそろいいものを書くよ、うむ」

と私に威張りかけると、奥さんが、少し笑いながら言った。

「あなた、田舎に行かれてから、少し下手になられたようですわ」

「バ、バカなことをいうな。バカな奴だ」

と、太宰は大いにあわてた。私はうれしくてゲラゲラ笑った。

しかし、太宰は、そういう間にも、また汽車に乗ってその日のうちに東京に帰るのだ、と言い張る。私の勤めていた新聞社は、戦争中『惜別』という作品を書いたとき取材調査をし、敗戦直後からは『パンドラの匣』を連載するなど、そのころの太宰とは比較的縁が深かったのだが、ヤミ市にぶら下がっている鴨をみつけてそれを手土産に挨拶にゆき、そこでまた、何人かで街にくりだし昼前から飲むことになってからも、思い出したように、帰ることにこだわっていた。帰るのなら一気に帰ってしまいたい、つまらぬ人づき合いに心と時間をわずらわしたくない、という太宰の気持は今なら察しがつく。だが、私は、ただ嬉しいだけだった。ようやく一泊することにきめたのは、日もくれかかってからである。駅前のホテルに置き放しにしてきた奥さんに連絡にゆくと、やはり気嫌よく笑って「どうせそうなると思ってましたわ」と言う。その夜は大一座になった。お国自慢のさんさ時雨をみんながうたい、私ができないというと、「こら失礼な奴だ、何かやれ」と太宰はむやみに威張り、うろおぼえの歌舞伎の声色をやりだすと、「あ、こら、やめろやめろ、みっともないバカな声だすな。もう一生やるな、俺の恥になる」などと大声をあげては何度も叱った。

翌日、駅まで送りながら、「昨夜、先生、ずいぶん他の人にからんでいましたよ。酒癖悪くなったのかな」と言うと、太宰は「そうか、なにもおぼえてないよ。大酒のむ時は人にからむに限るんだ。そうしないと飲めるもんじゃないよ」とニコリともしないで言った。奥さんや子どもたちと街を一めぐりして駅に行った。ヤミ屋の屋台で手巻き煙草を買った。汽車はわりにすいていた。しかし「子どもが外をみたがるから、ガラス窓の席ないかな」と言うのに、板張りの小さな明りとりのガラス窓がついている席しかとれなかった。見送りに来た初対面の私の妻に、太宰は深々と頭を下げ、堅苦しくていねいに挨拶をするのだった。

4

年が明けてからしばらくして、東京に行き、三鷹をたずねた。私は友人と二人で、新刊本の入手しにいく仙台で「良書頒布会」といったものをつくり、あわせて、できるなら出版もしてみたいという計画をたてていた。その用事で上京したのである。

三鷹の太宰の家は、少し古びていたんでいるようなところもあったが、相かわらずであった。しかし、飲むところは戦争前とは、ずいぶんちがっていた。駅前を太宰の家の方向とは逆に右にまがって、どぶ川のところにあったうなぎ屋、そのちょうど裏手にあった狭い、西日の当る飲み屋、駅前広場の左手にある大衆酒場など、ただ、稲荷小路の例の壁に奇妙な丸窓のある飲み屋だけは健在だった。

太宰は、背広を着ていた。〝開襟シャツ〟というやつに毛糸のセーターを着込み、その上に上衣を着ていた。「やあ、先生、案外スマートじゃないですか、ちょっといいな」

「うん、セルの着物なんだ。そいつで作った」「でも、先生も、もうそろそろ四十でしょう。だんだん脂ぎっていやらしくなるね」例によって例の如きやりとりになった。「バカ。俺は進駐軍の兵隊に、You are noble って言われたんだ。やっぱりお前なんかの見る眼とは違うぞ。解る人には、ちゃんと解るんだ」

太宰はこんなことを言った。

「この時代はね、フレキシビリティだよ。フレキシビリティということをおぼえなくてはいかん。え、たとえばだな、おまえが俺の悪口を、だれでもいい他の作家のところに行ってさ、言ったって俺は平気だよ。ウワア塩、塩、塩下さい。きよめちゃうから、どうもあいつのところに行くのはたまらない、だなんてね。そう言ったって俺は平気だ。うむ。時時太宰も淋しいだろうなと思い出してくれたらいいんだ。愛情ってのは、そういうものなんだよ。〝純粋〟だなんて下らない。愛情が大事だ。〝純粋〟なんて、おまえ、俺はおまえが嫌いだから絶交する、〝純粋〟を守らねばならぬなんて言うだろ、あれは人を傷つけているだけじゃないか。人を傷つけるのは『悪』だよ」〝ウワア、塩、塩……〟というところでは身ぶりまでまじえて異様に熱がこもっていた。その夜ずいぶん酔ってから二度この話をくりかえした。

それから太宰は発表されたばかりの『ヴィヨンの妻』の自慢をくりかえした。こういうのが、新しい人間の生き方、モラルだと言った。この作品の中の「文明の果の大笑い」という言葉をとりあげ「こういうところに注意しなくちゃいけない。こんな言葉を、これまで誰が言ったことがあるのかね」とも言った。「俺の作品はシャンペンだよ、上等なんだ。他の作家のものなんてカストリじゃないか。評論家なんて何もわからない、すぐきくからカストリの方がいいと思ってやがる。だけどカストリは本当の酒じゃないんだ」と言うのであった。こんな調子で威張るのは、昔からのユーモアにはちがいない。しかし、いまはそのどこかにいらいらしたものがあるように思われた。

太宰はこれから書こうとしている『斜陽』という作品についても語った。「皇族が」と、たしか太宰は言った。華族ではなかった。「没落してゆく話だ。あの夕陽の傾いてゆく悲しさだよ。どうだ、『斜陽』いい題だろう」と言った。

ところで私は、そのとき、気なしに「その作品、ぼくに出版させてもらえませんか」と言ってしまった。仙台でこれからやろうとしている仕事の計画については、太宰の家で話してあった。田舎にいて、戦後の出版界の事情など知らない私は、昔からの馴染がいに、太宰にたのめば何とかしてくれそうな気持もあったのだ。太宰は、「バカ、そんなことはできませんよ。おまえは、ほんとうにバカだよ」と言って、そばにいる若い編集者の方をみて露骨に苦笑してみせた。太宰の「バカ」はきまり文句だが、いつもは親愛の表現であった。さっきから黙々として私たちのやりとりを聞いていた、おとなしそうなその若い編集者も、かすかに困惑したような笑いをうかべていた、私は、なるほど東京の「出版」というのは、そういうものだったのか、とはじめて悟るようなところもあったのだが、やはりさびしかった。

それからも上京する度に、三鷹をたずねたが、太宰はいつも家には居なかった。駅近くのどこかに部屋を借りて、そこで仕事をしているというのである。例の若松屋といううなぎ屋に行って、連絡してもらうことになっていた。たいていは、裏手ののみ屋で待った。太宰の着ているものは、もう兵隊服やセルのつくり直しの背広ではなく、昔のような着流し、冬はそれに二重回しという姿になっていたが、しかしなにかが少しずつ違ってきているようであった。そして、何度目かの時、私は、そこに入ってきた太宰に、いきなり「なんだ、おまえか」と言われた。太宰にとって、私は、もうそれぐらいの存在でしかなくなっているようで心細い感じがした。

それでも飲めば、やはりいつものような応酬で楽しくないことはなかったが、昔のようにはいかなかった。そこには、かつて、三田や堤などと一緒にいて、太宰との間に成り立っていたジカな気を許しあった気分はない。太宰と二人きりになれることは殆んどなく、最初は二人だけでも一座する連中はすぐふえて、落ち着いた気分ではなかった。その中で私は、自分は昔からの太宰の最も親密な〝弟子〟の一人だということをわからせようとするから、気持に堅いこわばりができた。太宰もそんな私がわずらわしくなるのだろう。飲んでいるうちにはじめの親密さは失われて、大一座の中で太宰はあえて私を無視するようにした。正確には私がそう感じた、ということであろう。が、そのために、私は、しばしば取り残されているような気持にさせられた。だが、太宰の飲み方もまた昔とは違ってきたように思われた。酒が少しも楽しそうではなかった。そのくせ、次から次にいくらでも飲んだ。飲んでいて見も知らぬ他人に話しかけるというようなことも、昔は絶対にしないことだった。また、しばしば大笑いはしても、他に傍若無人に見えるようなことは、とりわけ嫌った。しかし、いまは、そんなことに全く心くばりをしていない、投げやりな態度にさえみえた。駅前通りの屋台のおでん屋で、何人かはハミ出しながら賑やかにのんでいる時、彼は先からその店でおでんを食べていた二人連れの女性に、いきなり調子のよいことを話しかけ「ぼくは、太宰という小説家だけどね」などと言うのだった。これも昔、堤や私と飲んでいて大威張りし、そこの女給さんが知っているかどうかということになって「ぼくは太宰治という小説家なんだ」と言うと、誰もそんな名前を知ったものはおらず、抱腹絶倒したことがあったが、その時の調子とはいうまでもなく明かにちがっていた。〝進駐軍関係〟のようにみえる女の人たちだが、そのうち太宰は、駅向うのアパートに帰るという彼女たちを送ってゆくと言って、あっというまに居なくなってしまった。

いずれにしても私は、太宰に逢う度に満たされない思いで、帰るようになった。しかし私が、太宰からないがしろにされているとはどうしても思いたくなかった。だから私は、田舎に帰ると、青年たちに太宰に聞いたことをしきりに吹聴しては、太宰との親密な関係を誇示したりもした。そして今度は、という思いをひそかに持ちながら、また上京するのである。だがそのことに固執するから、満たされなさの度合は、そのつど深まってゆくようだった。よそに出かけで留守ということで、逢えないままに帰ることもあった。

それに、私自身の生活のこともあり、学生時代のようにそう一途に太宰のことばかり思いつめているわけにはゆかなかった。復員して帰った翌年、すぐ妻は子どもを生んだ。家には、母と弟が一人いた。六百円以上は封鎖されてしまうという新聞社の賃金ではどうにもならない。もっとも私は、衣料やなにかのヤミ売りをし伯父からの送金をうけていた母の才覚をいいことにして、一度も月給など持って帰らなかったが、しかし何とかしなければならぬという思いには責められていた。「良書頒布会」などという計画もそのためである。それが偶然のことから発展して、仙台の目抜き通りに書店と画廊とを兼ねた、〝芸術的〟な雰囲気にみちたサロン風の喫茶店をつくろうということになった。土地は、私の高等学校時代の後輩が父親が死んだので当主となり、所有地を出資するというのである。そしてたちまちのうちに出来あがった店は、若い人たちや大学の先生でずいぶん繁昌したが、建築資金の一部を高利貸に借りたことからつまずきがきた。すぐに借金はふくれ上がって、新しく借金をしては借金の利息の支払いに当てるという典型的な自転車操業になった。それほどしばしばは上京できなくなったし、上京するのは、親戚や友人から借金のためである。金策のあいまに太宰にあいに行くのだから、何かと落ち着かなかった。

そして、私は、太宰の書くものにも少しずつ、しっくりは来ないところがあるのに気づくようになっていた。たとえば太宰は『苦悩の年鑑』というのを書いた。私はそのような「苦悩」などとあからさまな題をつける太宰が不満だった。そしてその中の「天皇の悪口を言うのが激増して来た。しかし、そうなってみると私は、これまでどんなに深く天皇を愛して来たのかを知った。私は、保守派を友人たちに宣言した。／十歳の民主派、二十歳の共産派、三十歳の純粋派、四十歳の保守派。そして、やはり歴史は繰り返すのだろうか。私は歴史は繰り返してはならぬのだと思っている。／まったく新しい思潮の拾頭を待望する。それを言い出すには、何よりもまず、『勇気』を要する。私のいま夢想する境涯は、フランスのモラリストたちの感覚を基調とし、その倫理の儀表を天皇に置き、我等の生活は自給自足のアナキズム風の桃源である」という最後の三節にひっかかった。仙台で久しぶりに再会した時の「無政府主義論」には、感覚としてまだわかるようなところがあった。だが、ここまでくると、もうついてゆけない。特に天皇に対する感覚は、どうしてもピンとこなかった。なぜ天皇を「倫理の儀表」としなければならないのか。それに天皇は、そんなものになれるのだろうか。「自給自足のアナキズム風」になれば一番先に悲鳴をあげるのは太宰自身ではないかなどと、皮肉っぽく考えたりしていたのである。

そんな、いわばイデオロギー的なことではなく、普通の作品でも、私はなかなか昔のようにみずみずしい感動をもって読めなくなっていた。思い返してみると、昔でも全部が全部、太宰の作品に陶酔しきっていたというわけではなかった。しかし、いいなあと思う作品が今は時たまのことでしかないのである。太宰のいう「シャンペンの味」「軽み」ということが、私にはわからないのか、とも思った。そして、あれほど、太宰が自慢もし、ジャーナリズムに前評判の高かった『斜陽』にも、実のところ感心できなかった。連載していた第何回目分かをちょうど書きあげたという時に行き合わせて、『ヴイヨンの妻』の「文明の果の大笑い」というのと同じように『斜陽』の女主人公の言葉だという「はばむ道徳を、押しのけられませんか？」をしきりに口にして「こんなんですよ。新しいモラルとはこういうものなんだ」と、自慢した。実のところ私には「文明の果の大笑い」も「はばむ道徳」も、その言葉でほんとうに太宰が何を言いたいのか、よくわからないところはあったが、『斜陽』には、太宰が力をこめていることを見聞きしていただけに、大きな期待があった。私は、最初の一頁からワクワクするような思いで、この作品を読もうとした。ところが、そういう私の態度のせいもあったのだろう。なかなかそのようには、作品の世界の中に入りこめないのである。そして、無理にも自分はワクワクしているのだと思い込もうとした。その一方で私は、ひそかにここにあるのは、「雰囲気」だけではないのだろうかと思っていた。「芸術的雰囲気」などというあいまいなものをねらうな、ただ正確に書くということだけを心掛けろ、というのは太宰自身がやかましく私たちに言い聞かせたことで、いくつかの文章にも書いている。にもかかわらず、『斜陽』では、太宰は「雰囲気」を書こうとしているのではないかと思わずにはいられなかったのである。

もっとも、みながみなそんな思いで読んでいたわけではない。たとえば『フォスフォレッセンス』とか『おさん』『桜桃』などという作品には、おそろしいようなものさえおぼえていた。そこでは、太宰は「芸術的雰囲気」どころか、なにごともねらいなんかしてしてはいない。ただ投げやりなまでに無造作な筆致であった。それでいて、的確に「事実」以上の何かがこっちに伝わってくるのである。

しかし、金策に追われ、不義理を重ねて顔を合わせられない人も次から次にふえてゆく中では、やはり落ち着かない思いだけが先に立ってしまうのだった。

そういう状態の中で、私は、太宰が血を吐いたという噂を聞いた。その少し前には、その年の正月、年始まわりに行った太宰が、ある先輩のところから泣いて帰ってきた、それほど太宰はいま文壇の中で孤立させられているという話を、東京のジャーナリストから聞いたということで、わざわざ教えてくれた大学の先生もあった。そうしたやさき、八雲書店から太宰の全集が刊行されることになって、町中の書店にポスターがはられ、デパートのショウ・ウィンドウにさえ、太宰の大きく引きのばした写真がかざられた。

その写真の一つは、横むきになって頬に手をあてている顔の大写しだった。それは、明らかに芥川龍之介のやはりあごに手をあてている写真を意識したものだ、と私には思われた。（後に、弘前高校時代の太宰が、芥川の自殺した時にかなり興奮して「作家の死に方は、こうなければ……」と語った、それほど太宰は芥川に傾倒していた、という話を聞いたが）私の知っている太宰は、あの芥川の写真にあらわれている芸術家的なポーズをひどく軽蔑し、悪口の対称としていたのだ。そして、もう一枚は、たぶん三鷹の駅近いどこかに例の二重回しを着てやや横向きに立っているものだった。この姿勢にも、私はある記憶があった。まだ飲む時間には少し早く、駅向うの古本屋で何ということもなく本をみているとき、突然太宰はグスッと笑声をあげた。英語で書かれた日本紹介のような本だったが、そこには太宰の古い友人であったある若い評論家の写真がのっており、Japanese Young great thinker という肩書がついていた。その great thinker というのに太宰は大笑いして、その夜の悪口の対称となったが、太宰の写真は、その評論家のとっていた姿勢にそっくりであった。そして、太宰の写真は二枚とも、暗く悲しい表情をしていた。

私は、はじめ二枚の写真のかまえた姿勢も姿勢だが、この太宰の悲しそうな表情は、いったいどうしたことか、と思った。怒りに似たような感情さえこみあげてきたのである。「なんじら断食するとき、偽善者のごとく、悲しき面容すな」とは、いうならば、私たちに耳にタコの出るほど聞かせてくれた戒律であった。太宰は、自らが軽蔑していた「深刻ぶり」のポーズをあえてとっている。それは、ジャーナリズムや戦後の大量にふえた新しい読者に対しての気取りであり媚態であるようにまず私には思われたのだ。私はひとり腹立たしく何度も舌うちする思いで街を歩いていた。どこにもその写真がある。

だが、はじめにその写真を見た時のショックがおさまるにつれ、別の考えがうかんできたのもまもなくだった。あえてどうしてあんな表情をさらしてみせているのか、あるいは「戒律」もなにもかまってはいられないほどの、苦しさが太宰にあるのではないか。気取るだけの余裕もなにもないからこそ、太宰は、あのように露骨に悲しい表情になっているのではないか、そんな思いがしきりにしてきたのだ。太宰があのような表情をするのは、ただごとではないように思われた。

私は、どうしても上京しなければと思った。借金の中から借金をして、すぐその夜のうちに東京に向った。

だが、やはり、太宰には逢えなかった。うなぎ屋の若松屋の態度は、あいまいで割り切れないものがあった。前にも居留守を使われそうになったことがある。私は、自分がこのごろ太宰とその周囲に軽んじられているという思いがあるだけに、ややヒステリー気味に執拗に若松屋を問いつめた。しかし彼は、あくまでも言を左右にして確かなことを言わない。そのうちにふと、太宰の居るほんとうの場所を若松屋も知らないのではないか、それを彼自身がごまかしているのではないか、と思われてきた。「いや、近ごろは太宰先生は私のところへあまり連絡しませんから」などというのには、どこか本音ののようなところもあった。「でも、三鷹に居ることは居るのだろう」「それはもう」などとも言うのであった。太宰は連絡場所をかえたのかもしれないが、私には若松屋しかカギはなかった。

もちろん太宰の家もたずねてみたが、何もわからなかった。ちょっとの月日に、玄関の壁がおちたりしていて、家全体がひどく荒れた感じになってしまっていた。

二日目も同じことのくりかえしだった。私は、夕方まで待ってひょっとして太宰が通りかかることを期待して、駅前の通りから通りをうろついた。太宰がゆきそうな飲み屋も、一軒一軒のぞいてみた。しかし、太宰はどこにも居らず、「この頃みえません」「おられません」と言われるのだった。

そのうちに私は、ひどく白々しいような、情ないような気持になっていった。私が太宰に逢ったとて、太宰の苦しみをどうすることができるだろうと思われてきたのだ。結局、私は太宰に甘えるだけではないのか。仕事をしているのなら、太宰の健康もそう心配しなくてもよいのだろう。私は、どんな小さなものでもよいから、きちんとした作品をもって、今度は上京して来ようと思った。このころの自分の生活ぶりのことが、つくづくと思われた。

これが太宰の生きているうち、三鷹をたずねた最後になってしまった。

初版あとがき（一九七二年、東邦出版社刊）

約十年間、教員組合の仕事をつづけて、昨年やめ、ほぼ二十年ぶりに小説を書いた。小山清君についての『そのころ』（「民主文学」一九七一年四月号）である。小山君のもともとの病気は、心臓の僧帽弁閉鎖不完全症というものであった。それがわるくて脳血栓になり失語症に陥ったりもしたのである。私が、組合をやめたのも心臓を悪くしたためで、病名も大動脈弁閉鎖不全である。そこに、なにがしかの思いがあった。

それからいくつかの作品を書き、ことしは『青い波がくずれる』（「民主文学」一九七二年七月号）を書き、この本のために『別離』を書いた。田中英光については、昭和二十七年、「小説新潮」に『田中英光』と題するいわゆる〝実名小説〟を発表させてもらったことがある。また、『別離』は、筑摩書房の旧版太宰治全集別巻「太宰治研究」に掲載された『青春』という記録を、全く新しく書き改めたものだ。

太宰や英光が死んでからもう二十年以上の年月がたち、小山君が死んでからでさえ、七年になる。

来年は、小山君が死んだと同じ五十四歳になるが、太宰や英光よりは、ずっと年上になってしまったわけだ。

こうして三人について書いてみると、おや、あのときは、こうだったのか、と改めて胸をつかれるような思いにとらわれることが多かった。それは、三人にだけではなく、その他の人々に関してもである。しかし、もちろんそのすべてを書いたわけではない。むしろ、その多くは、あえて書かなかった。

それにしても、特に太宰は、このような形式で作品にするには、難しい作家であり人間であることが、よくわかった。小山君についても、まだ書きたいことがあるが、それとはまた違った意味で、別に評伝あるいは評論を書かねばならない、と思っている。

十年の教員組合生活と、さらにその前十年の現場の教員生活は、私を、さまざまにきたえ、豊かにしてくれた。起承転結という言葉があるが、そろそろ私の人生も、結の時代をはじめようとしている。できるだけ長生きして、作品を書きつづけてゆきたい。

戸石泰一

戸石泰一さんのこと

鶴岡征雄

はじめに・旧作発掘

戸石泰一は、短編小説「天才登場」(一九五三年四月『新潮』)を最後に、作家から夜間高校の教師に転じた。

それから二十余年の歳月が流れ、七八年の夏、私は戸石泰一から電話で呼ばれ、入院先の千駄ヶ谷・代々木病院に駆けつけた。〝最悪の事態〟を予測したが、「頼みてえことがある」というその用件とは、散逸している旧作「天才登場」などを探し出してきてくれ、という事だった。

「手もとに残しておきてえと思って」

ベッドの枕元からメモを取り出し手渡された。日本近代文学館か国会図書館にならあると思うという、そのメモには、十編ほどの作品名と掲載誌名がずらっと並んでいた。その作品群はあけても暮れても文学、文学といっていた戸石の三十代前半、青春時代の結晶として書かれた小説だった。しかし、作品はパッとせず作家としては売れなかった。芽が出ないまま、それらの作品は闇に埋もれたままになっていた。

戸石の病気は八年前からのもので、病名は大動脈弁閉鎖不全、両眼半盲、痛風などで満身創痍の状態だった。たびたび心筋梗塞、心不全で倒れ、入退院を繰り返していた。

初版『青い波がくずれる』は、七二年十二月、東邦出版社から刊行された。ベッドの上に画家・木内廣による装幀の初版本が置かれていた。既に出版されてから六年が経っていた。

青い波がくずれる　田中英光について

そのころ　小山清とのこと

別　離　わたしの太宰治

収録作品は、病身の體に鞭打つようにして一年半ほどの間に書き上げたものだ。新宿での出版記念会のことなどが思い出された。

私は雑誌の探索を約束して、夜になって辞去した。

生い立ち　仙台育ち

戸石は一九一九年（大正八）年一月二十八日、宮城県仙台市石垣町生まれ。父・清次は仙台藩の貧乏士族の次男。職業は地方銀行の課長。結核のため四十四歳で死去。母シズの父は古川四代目町長・吉野年蔵。シズは十二人兄弟の十一番目。長兄は大正デモクラットの吉野作造、三番目の兄・吉野信次は、戦前の第一次近衛内閣の商工大臣、戦後は参議院議員、商工大臣、武蔵大学学長などを歴任した人物である。父亡きあとは、母シズの〝才覚〟で、伯父たちの援助を受け、家計に窮することはなかった。

東京高等師範学校、第二高等学校とも受験に失敗、一年浪人した。その間も受験勉強そっちのけで、映画、演劇に熱中、また同人誌『芥』を謄写版で発行。誌名の『芥』は芥川龍之介の「芥」である。「チリアクタという謙遜と芥川への敬慕」をこめた。翌年春、第二高等学校文科に合格、四〇年四月、東京帝国大学文学部国文科入学。同期に阿川弘之、のち『秀十郎夜話』（序・志賀直哉。読売文学賞。文藝春秋新社刊）を書いた千谷道雄がいた。戸石は成人してからも自身を「自意識過剰」の人間であると自ら認めていた。

文学入門　太宰治のこと

東大に入った年に、太宰治に手紙を書き、訪問を告げた。その年の冬、十二月十三日に三田循司（アッツ島で戦死。太宰作品「未帰還の友に」のモデル）とともに東京府三鷹村下連雀百十三番地の太宰宅に初訪問した。「あがりたまえ」と快く招き入れられている。「弟子入り」などといった〝古風〟な気持ちではなかったようだが、原稿を見てもらいたいということぐらいは考えていた。その翌日に、太宰作品「東京八景」が掲載された『文學界』が発売された。すぐに買ってむさぼり読んだ。それによって太宰への傾倒は揺るぎのない決定的なものとなった。

「東京八景」は、太宰が津軽から上京、東大仏文科に入学して以来の「十年間の生活の文学的総括」であり「青春の決別の辞」だった。また「一生涯の重大な記念碑」ともいっている。戸石は、『青い波がくずれる』に収録した「別離　わたしの太宰治」に次のように書いている（引用作品は「別離」から）。

「太宰がこれまでの生活をつつみかくさず真正面から書いたのは、これがはじめてであった。私は、この作品で、太宰の最初の結婚、そして妻の『過失』、麻薬中毒、狂乱、精神病院への入院、非合法運動とそこからの脱走、情死、自殺、『過失』をおかした妻との心中未遂など、太宰の重い過去のいきさつを、はじめてすじ道たてて知ったといってよい。（中略）厳粛な、そのくせどこか甘い切ないような気持もあって、最後の方の『けれども私は、その時、たじろがなかった。人間のプライドの究極の立脚点は、あれにも、これにも死ぬほど苦しんだことがあります、と言い切れる自覚ではないか』というあたりまでくると、ほとんどしゃくりあげるばかりの状態」となっていた。

初訪問時、数え年で太宰治三十二歳、戸石泰一、二十二歳。

戸石は三鷹下連雀に、月に二度、三度、訪ねるようになった。『芥』は活版印刷にした。太宰に作品を見てもらうためだ。読んでもらえるかどうか半信半疑だったが、とにかく読むだけは読んでくれたようだが、冗談にはぐらかされてまともな批評は得られなかった。

太宰について、小山清はこう言っている。

「太宰治（一九〇九―一九四八）は明治の末に生れ大正期に育ち、昭和初期、その精神の形成期にコムミュニズムの洗礼を受け非合法運動に関係しその後転向し、第二次世界大戦から戦後にかけてのもっとも困難な時期に活発に仕事をし続け、戦後の混乱期に自殺した作家である」。

小山は「東京八景」についても書いている。戸石とはまた趣を異にする個所を引用をしているので紹介しておきたい。

「『Hとは、私が高等学校へはいったとしの初秋に知り合って、それから三年間あそんだ。無心の芸妓である』津軽から上京した太宰は東大に籍を置き、共産党のシンパサイザーとして幼妻と共に東京の諸処を転々とした。『神田の祭礼、柏木の初雪、八丁堀の花火。芝の満月。天沼の蜩《ひぐらし》』太宰の庶民感情は、この間にも養われたことであろう」（「民衆の中の作家」）。

太宰が、小説書きの心得として、口やかましく語っていた言葉がある。それは、小山が太宰治から受け取ったはがきにも同文のものが見られる。

「雰囲気や匂いを意図せず、的確ということだけを心掛けるといいと思います」（「そのころ」）

「『芸術的雰囲気』などというあいまいなものをねらうな、ただ正確に書くという事だけを心掛けろ、というのは太宰自身がやかましく私たちに言い聞かせたことで、いくつかの文章にも書いている」（「別離」）

的確に、正確に書く――この教えを戸石は、自らの肝に銘じるように繰り返し頭の中に叩きこんでいる。

戦中・戦後、太宰の死

四二年七月、東大を半年繰り上げで卒業した戸石は、十月、幹部候補生要員として臨時召集された。太宰からのはがきに「タマに死すとも、病に死ぬな」とあった。四四年一月三日、高橋八千代と結婚。九日、南方軍総司令部行きのため、仙台を発つその直前に太宰に宛てて上野駅到着時刻を知らせる電報を打っている。見送りを期待しての一報だった。最期の別れになるかもしれないのだ。

ところが列車は三時間遅れで上野駅に到着した。それでも太宰は待っていてくれた。太宰は戸石を案じていたのだ。このときのことを太宰は「未帰還の友に」に書いている。「君」と書かれている人物が戸石である。「散華」という作品には「陽気な美男」の「戸石君」として登場している。戸石が南の島から無事、帰還したのは四六年六月三十日、広島県呉沖の似島、翌日、広島に出た。二十七歳。

復員後、仙台では新聞記者、第一高等学校の教師などをした。このころ戸石は上京するたびに太宰を訪ね、共に酒を飲んだ。「飲めば大一座の中で自分は昔からの太宰の最も親密な〝弟子〟の一人だということをわからせようとする」。すると太宰はそんな戸石が煩わしいのか、いつしか無視するようになった。

このころ仙台市内の書店にも八雲書店版『太宰治全集』刊行のポスターが大々的に張り出され、宣伝されていた。

戸石は、〝仙台文化センター〟拠点建設構想を打ち上げ、その資金繰りで高利貸しの金に手を出して、首が回らなくなっていた。ピンチに立たされていたのである。そんなとき、太宰が山崎富栄と玉川上水に入水、十九日に死体が発見された。それを知って、戸石はすぐに上京、三鷹下連雀の太宰宅に泊まり込んだ。太宰の死を聞きつけて北海道夕張から小山清も太宰宅に泊まり込んだ。ここでふたりは親しくなった。戸石は、居合わせた八雲書店の編集者から刊行中の『太宰治全集』の委嘱を受け、「書簡集」の担当を任された。仙台に妻子を置き去りにしての単身赴任だが、実は夜逃げ同然、二度と仙台には帰らないと心に誓っていた。

小山清のこと

小山清（一九一一―一九六五）は明治四四年十月四日、東京浅草・吉原の生まれ。父は竹本摂津大掾の弟子で文楽座の太夫。幼少期、大阪で育つ。府立三中、明治学院中等部に学ぶ。種々の職業に就き、三七年ころ下谷龍泉寺町で五年間、新聞配達夫をした。徴用されて敗戦まで三河島の軍需工場に勤務。この間、太宰治に師事した。戦後、北海道に行き、夕張炭鉱の坑夫になる。小山は晩婚、四十二歳で結婚している。五八年秋、失語症に陥り、続いて夫人の自殺にあう。（筑摩書房版『小山清全集』）

小山の太宰初訪問は、四二年の秋の末だという。「落穂拾い」「小さな町」「聖アンデルセン」「朴歯の下駄」「日日の麺麭」など出色の短編がある。どれも「付焼き刃」ではないさびしい小説だが、滋味もあり、哀切に富む洗練された佳品が多い。

太宰は英光や小山の書くものにはやさしく、温かい眼を向けていた。雑誌掲載の労もとっている。

小山は戸石より八歳年上である。にもかかわらず帝大出のポツダム中尉は「小山君」と目下呼ばわりしていた。その〝格差〟がひっくり返されたのが山梨県の御坂峠に建立された太宰治文学碑除幕式のセレモニーだった。撰文は井伏鱒二、「富嶽百景」から、「富士には／月見草が／よく似合ふ／太宰治」である。

太宰の弟子として小山清があいさつ、戸石の役は欠席した亀井勝一郎の祝辞の代読とされた。自意識過剰な戸石は〝差を付けられた〟と立腹、小山との間で鞘当てが演じられた。

戸石には、駄々っ子のような面もあった。

拙著『私の出会った作家たち』にも書いたことなので、これくらいにしておくが、小山にしてみればとんだとばっちりだったことだろう。

小山のエッセイ「藤原審爾さんのこと」に戸石が出てくる。

「藤原さんは戸石君を頼りにしているようであった。戸石君は人から頼られるようなところがある。田中英光の晩年がやはりそのようであった」と戸石に同情を寄せている。

また、戸石は小山文学について「人が考えるほどその文学を、非政治的な場所にだけ、きずこうとしているのではなかった」と評価し、そのよい例として、小山が称賛した許南麒の『朝鮮冬物語』を論じた、圧巻の論評を紹介している。

田中英光のこと

戸石は、初訪問の翌年、太宰治の引き合わせにより、銀座コロンバンではじめて田中英光（一九一三―一九四九）に会っている。

田中英光の父・岩崎英重は「鏡川と号して、大町桂月と親友であり『桜田義挙録』をあらわして郷党土佐の先輩田中光顕の知遇を受け、維新史史料編纂官となり、いまでも維新をテーマにする歴史家・作家にとっては重要な『坂本竜馬関係文書』その他を編纂した人である」（「青い波がくずれる」）。

田中英光は、学生たちがよくしていたような太宰宅への押しかけ派ではない。太宰が田中英光の作品にみどころを嗅ぎ付けて、自ら呼び寄せた作家である。戸石は、「できるならばいちばん愛される弟子でありたいと思ったりした。だが、太宰が田中英光について語るときには、なんともいえない独特の親愛感があって、私は嫉妬した」（「別離」）

すでに田中英光は、『オリンポスの果実』などによって文壇で頭角を現していた。

田中英光は「六尺二十貫」の巨躯、（身長一七九センチで戸石と同じ）三二年のロスアンゼルス・オリンピック大会の日本代表、ボート選手だった。戸石は、英光をアザラシかオットセイのように〝海獣〟と揶揄しているが、それも嫉妬のなせる業かもしれない。「オリンポスの果実」で評判をとり、青年文学の旗手として〝流行作家〟になっていた。デカダン、無頼派のチャンピオン的存在だった。

小山は「田中英光は聡明で、一瞥して相手を見ぬくような鋭さを持ちながら、それでいてとても幼いところがあった」と書いている。

太宰の死後、戸石は田中英光の面倒を見る羽目になった。小山の説に従えば、戸石の面倒見の良さを見ぬいていたという事なのか。

薬物中毒、狂乱、暴力、精神病院、女、酒を飲んでは大暴れする破廉恥につきあわされ、ふりまわされた。耐え忍ぶ戸石の我慢強さに舌を巻く。田中英光が太宰の墓前で自殺するまでの眼を背けたくなるような狂態・錯乱が描かれているのが「青い波がくずれる」である。

小山は「戸石君は人から頼りにされる」と言うが、戸石の私生活は人様の面倒を見られるような悠長な暮らし向きではなかった。戸石はそのころ雨漏りのする鳩小屋のような四畳半に親子四人で住み、失業の身で金もなかった。

英光作品に、太宰が死ぬ少し前に書いた小説「地下室から」がある。実兄の影響で「共産党に入り沼津地区の責任者となり」、英光自身の言葉をかりれば「『思想は信じられても、人間は信じられぬ』として脱党」した経緯を書いたものだ。戸石の恩情はその経歴をぬきにしては考えにくい。戸石は、「私を共産主義者にしたのは、結局戦争である」と言っている。五三年二月十九日に日本共

産党に自ら希望して入党していた。（推薦人は窪田精ほか）

だが戸石は、太宰の弟子を鼻にかけ〝大あぐら〟をかいている英光が〝いやで、いやで〟ならなかったという。

戸石は田中英光のだらしなさに愛想をつかし嫌悪の対象でしかなかったはずなのに、なぜ二十年後、情熱をこめて「青い波がくずれる」をカムバックする草分けの一つとして書いたのであろうか。

高教組副委員長選で当選

自筆略年譜から。「四六年七月復員。各種の職業を転々。わずかな原稿料と借金で暮らす。子ども四人、千鶴、万里、夏夫、百合が生まれた。五二年教員。かたぎになって六二年都高教副委員長に当選、以後約十年労働運動に専心した。この仕事は本当に私をきたえてくれた」。（文學新聞）

軍隊で知り合い、死ぬ間際まで友だちつきあいをしていた古山高麗雄に私小説「心臓」（短編小説集『日本好戦詩集』収録）がある。そこからの抜粋。

「『太宰の弟子が、どうして小説を書かないの？』

小説を書かなくなった戸石に、私はそう言った。すると戸石は、

『教師というのは、人間とつきあう仕事だろう。こいつは、おれには、小説を書くより面白くて

ね』

と言った。」

そうはいったものの絶対安静の軀になってみると、戸石はやっぱり「書きたい」という気持ちになった。

経済学者・堀江正規との出会い

病気になった戸石はおとなしく療養生活に入り、静かにしていたわけではない。『民主文学』や『季刊藝術』などに小説をばんばん書き出した。はじめに「そのころ」を書いた。「青い波がくずれる」も書いた。「別離」を書き下ろし、三編をまとめて単行本『青い波がくずれる』として上梓した。それを一年半もしないうちにやってのけた。

明らかに昔の戸石ではなくなっていた。〝激変〟していた。そこには理由があっていいはずなのだが、私には、それがわからなかった。年の功という人がいた。戸石と親しかった文芸評論家の沼田卓爾は「労働組合運動の体験が、彼を洗い、文学的資質を磨いた」と言っていた。凡庸な私には、労働組合と小説は水と油としてしか映らなかった。

その意味を理解したのは、戸石が死んでからずっと後のことだった。戸石の書いた文章が本の間に挟まっていたのを見つけたのだ。

『堀江正規著作集』の月報に寄稿した「小説を書く根本のところに――堀江さんから学んだこと――戸石泰一」から抜粋する。

「統一戦線の課題は、戦術・戦略の問題であるが、同時にまた思想的課題である。統一戦線の立場に立つか立たないかで、人間や事物の見え方はまるで違ってくるはずである。つまり、その立場に立たなければ、発展的な真実はつかめない。私は、労働組合運動と、その中で出会った堀江さんに導かれて、そういう思想でものを見ることを鍛えられた。多少でも、以前に比べましなものが書けているとすれば、そのおかげにほかならないのである」。

さらに「性急でもない。真摯で率直で、綿密周到であり、そして大胆だった」と堀江について評している。太宰の「的確に、正確に」を金科玉条としていたわけではないかもしれないが、文学者がとかく「感覚的」なのに対し、堀江の場合は「理論的」だった。

「先生」におしえられた小説の書き方ではない。自分の頭で考え、〝小説を書く根本〟のところを自分の思考で身に着けたのだ。戸石は「統一戦線」の理論を自分流に消化したのだ。それでなければ「いやでいやでしょうがなかった」田中英光の阿鼻叫喚を掌に載せるようにして描くことは不可能だったことだろう。「統一戦線の立場」に立つことではじめて可能になったのかもしれない。それは太宰治や小山清にもあてはまることかもしれない。

戸石が、労働運動の中で「たたきこまれた」といっていたのは、ほかでもない堀江正規のことだったのだ。

偲ぶ・戸石泰一

没後、多くの友人、知人が戸石の死を悼み、追悼文を寄せている。その中からおひとりだけ抜粋して紹介しておきたい。故伊馬春部の「青春の人戸石泰一」である。

「これも八千代夫人に聞いたことだが、『つれづれ草』をしきりに読みたがり、また、正岡子規の『病牀六尺』『仰臥漫録』などの病床記を欲し、『一年有半』の中江兆民をも取り寄せさせたといふ。しかし読書をつづけると、すぐに心臓の鼓動が劇しくなり、自らも痛みに耐えかねて苦しむといった状態だったといふこと、きくさへ痛ましくてならない。しかし家人がいくら頼んでも、それらの読書は止めなかったらしい」。

八千代夫人は「聖書の共同訳のできたことをたいへん喜び、毎日午後は使徒行伝を私によませ、遂にさいごまでよみおえて、逝ってしまいました」と言っている。「知識人」戸石泰一の面目躍如である。愛妻・八千代夫人もこの世を去って久しい。

戸石さんは、夜間高校すら出ていない浅学菲才な私をかわいがってくれた。岩手県花巻にある欅一本彫成仏・国宝「兜跋《とばつ》毘沙門天立像」（高さ四・七三m）は、一二〇〇年の歴史を持つ、甲冑を付けた憤怒の武将形、その大きさは日本一だと自慢しつつ、病魔とたたかいながら、親切に案内してくれた。蝦夷人（東北人）を誇りにしていた戸石の象徴ともいうべき毘沙門天像はことのほか、思い出深い。

誰にでも優しかったのは、それも〝統一戦線の課題〟に鍛えられたゆえのことであろうか。博識で読書家、明朗快活、怒るよりも、いつも笑っている、ひとから愛されるオーラをもったスケールの大きな東北大好き人間だった。

小説の幕が下りた後で

戸石泰一さんが亡くなって四十三年になる。太宰、英光、そして小山が生きていた頃から指を折れば、古語《いにしえがた》りとでも言いたくなるほど長い歳月が流れ去った。明けても暮れても、文学、文学だった作家志望の〝芥川龍之介似の青白きインテリ青年〟戸石泰一の高鳴る鼓動、やるせない煩悶の疼きが聴こえてくる。戦前・戦後、太宰の死――抱えきれない歴史的波乱の中での体験を戸石は、五十二歳のとき、奮起してさりげなく小説に書いた。若いころには書けなかった壮絶、狂乱、錯乱の深淵を捉えたのだ。繰り返しになるが、そのきっかけは、不遇時代の辛苦を糧にして、経済学者・社会運動家の堀江正規の「統一戦線」理論に啓発され、新境地を開いたことからだった。人間の見方、ものの考え方を学び、自身の感性を磨いた。人真似ではない視角で太宰、英光、小山を描いた。三人だけではない、戸石泰一自身を描いた。

太宰・英光は、才能に恵まれ、能力をほしいままにして脚光をあびた。女にもてた。やぶれかぶれ、好き放題に生きた放蕩児のように見える時代の寵児を、戸石はコミュニストの側面から静かに見つめている。

遥か先を行く太宰、英光、そして水が開いてゆく小山の後塵を拝し、太宰門下で〝トップの座〟を自負する青年・戸石はジレンマに震える。作家の評価はすべて作品次第、それでも逆ねじを食らわせるかのように、戸石は言ってのける。

先生である太宰を、大地主の倅《せがれ》だが田舎育ち、とそしり種にする。英光については、太宰の威光の上に胡坐《あぐら》をかいているいやな奴、歯に衣着せず言う。小山は太宰門下の旗頭を自負する戸石にとって目の上のたん瘤。だが、小山こそ太宰の高弟、嫉妬に身を焦がす。後々、小山のよさを読みこなすことができなかった非才を潔く恥じる。

純粋で面倒見のいい仙台育ちの文学青年が味わう、誇りと屈辱と挫折——本書は青春の記録である。

戸石は晩年、「おれは、大作家ではねえってことは確かだ」と自嘲していたが、作家として、人生の円環を遂げたことは間違いない。
いのちを削って小説を書く――文学に生きた戸石の業を見た。その渾身の結晶が忘れ得ぬ一冊『青い波がくずれる』である。
文学は死なず。引き潮の青い海に、ふたたび白い波が盛り上がってきた。

戸石泰一、四十三回忌を前にして

鶴岡征雄（つるおか・ゆきお） ＝一九四二年茨城県生まれ。作家。日本民主主義文学会会員。『夏の客』『單線駅舎のある町で』『鷲手の指――評伝 冬敏之』『私の出会った作家たち 民主主義文学運動の中で』など。

本書は、東邦出版社刊『青い波がくずれる』（一九七二年）を底本にしています。底本は引用作品その他の文章を現代用語用字にしており、そのままとしました。底本、引用文の明らかな誤植は訂正しました。

著者略歴

戸石泰一（といし・たいいち）＝一九一九年一月二十八日仙台市生まれ、七八年十月三十一日没。東京帝國大学文学部國文学科卒。大学在学中から太宰治に師事。卒業と同時に南方戦線へ。戦後、出版社に勤め『太宰治全集』を編集。東京部高教組の専従役員を十年間務める。著書に『火と雪の森』『消燈ラッパと兵隊』『青い波がくずれる』『愛と真実』『五日市街道』など。

青《あお》い波《なみ》がくずれる　田中英光／小山　清／太宰　治

2020年10月31日　新装改訂版第１刷発行

著　者　戸石 泰一
発行者　新船 海三郎
発行所　株式会社 本の泉社
〒113-0033 東京都文京区本郷2-25-6
TEL. 03-5800-8494　FAX. 03-5800-5353
印　刷　音羽印刷 株式会社
製　本　株式会社 村上製本所
ＤＴＰ　木椋 隆夫